중학생이 보는
SIMCHEONG JANGHWAHONGNYEON

심청전 · 장화홍련전

성낙수(한국교원대 교수)　　　　　　　(사) 엮음

좋은 책 좋은 독자를 만드는─
㈜신원문화사

더 이상 언급할 필요도 없지만 요즘은 독서의 중요성이 더욱 강조되는 시대입니다. 첨단과학으로 이루어진 대중매체 덕분에 눈으로 읽는 것보다는 말초신경을 자극하는 동영상 쪽으로 관심이 모아지는 데 대한 우려 때문일 것입니다. 꿈과 희망을 가지고 자라나는 학생들에게는 올바른 사고력과 분별력을 키워주어야 합니다. 그런 점에서 다른 사람들의 생각과 철학, 인생관과 세계관이 들어 있는 명작들을 많이 읽는 것이야말로 바람직한 학습 효과를 거둘 수 있는 지름길이라 생각합니다.

　명작은 오랜 세월에 걸쳐 많은 사람들이 읽고 크게 감동을 받은 인정된 작품들로서, 청소년들의 삶에 지침이 되어 주고 인생관에 변화를 주게 될 것입니다.

　이번에 중학생들에게 꼭 읽히고 싶은 명작들을 선정하여, 작품을 바르게 감상하고 독후감을 쓰는 데 도움을 주고자 이 시리즈를 기획하게 되었습니다. 작품들은 동서고금에 걸쳐 객관적으로 인정받은, 훌륭한 대상만을 선정하였습니다. 그리고 책의 구성을 다음과 같이 하여, 읽고 쓰는 데 도움이 되도록 하였습니다.

　하나, 삶에 대한 지혜와 용기를 주고 중학생이라면 꼭 읽어야 할 명작만을 골랐습니다.

둘, 명작을 읽고 난 후의 솔직한 느낌을 논리적 · 체계적으로 쓸 수 있도록 중학생들의 독후감 작성에 따르는 부담을 덜어 주도록 구성하였습니다.

셋, 작품 알고 들어가기, 내용 훑어보기, 작품 분석하기, 등장인물 알기를 통해 작품을 분석하는 힘을 기를 수 있도록 하였습니다.

넷, 작가 들여다보기, 시대와 연관짓기, 작품 토론하기 등을 통해 작가의 일생을 알고 시대의 흐름을 파악하여 상상력과 창의력을 키워 주도록 하였습니다.

다섯, 독후감 예시하기와 독후감 제대로 쓰기에서는 책을 읽는 방법과 독후감 모범답안 실례를 제시함으로써 문장력을 길러주는 한편 독후감 쓰기의 충실한 길라잡이가 되도록 했습니다.

아무쪼록 이 책들이 중학생들의 학습 능력 향상에 큰 도움이 되길 빌어 마지 않습니다.

엮은이 성 낙 수

차 례

중학생이 보는
SIMCHEONG SIMCHEONG

심 청 전

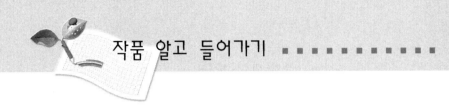

작품 알고 들어가기 ․ ․ ․ ․ ․ ․ ․ ․ ․ ․

《심청전》은 판소리 심청가의 정착으로 형성된 소설로, 우리 고전 소설의 백미로 손꼽힙니다.

《심청전》은 오랫동안 입에서 입으로 전해져 내려오다가 조선 시대에 와서 소설로 정착했습니다. 때문에 여기에는 오랜 세월에 걸친 서민들의 생각과 감정이 녹아있게 마련이죠. 이처럼 입에서 입으로 전해져 내려온 이야기 속에서 생생한 서민 의식을 엿볼 수 있으며, 우리 조상들의 삶과 생각을 읽을 수 있는 중요한 자료가 되기도 합니다. 그렇지만 이렇게 서민 전체가 참여하여 만들다 보면 문제점도 나타납니다. 내용이 비슷한 설화들이 들어가고, 때로는 앞뒤의 내용이 맞지 않고, 작품이 처음의 의도와는 다르게 바뀌는 양상을 보이기도 합니다.

《심청전》의 내용은 유교의 효 사상과 불교의 인과응보 사상이

주류를 이루고 있습니다. 한편, 심청이 환상의 세계에서 다시 태어나고 부귀를 누리는 것은 당시 서민들의 비참한 생활을 어떤 환상의 세계로 승화시킴으로써 마음의 위안을 얻고자 한 것이 아닐까 짐작해 볼 수 있습니다. 따라서, 일반 서민들의 무속 신앙적 성격도 들어 있죠. 그러고 보면 《심청전》은 유교와 불교, 무속 신앙이 한데 어우러진 소설임을 알 수 있습니다.

재미있는 사실은 《심청전》이 남성들보다는 여성들에게 특히 애독된다는 점입니다. 아마 지금도 《심청전》을 좋아하는 주독자층은 여성들이 아닐까 싶습니다. 그 까닭을 생각해 보면서 이 작품을 읽는다면 이전에 무심코 지나쳤던 많은 의미를 발견할 것입니다.

자, 그러면 《심청전》의 내용을 들여다볼까요.

심청전

황주 도화동에 심학규라는 봉사가 있으니, 대대로 내려오며 벼슬하던 거족(巨族)[1]으로 명망이 자자하더니 가운(家運)이 기울어 가난하여지고 어려서 눈을 못 보게 되니 시골에서 곤궁하게 지내었다.

도와주는 일가 친척도 없고 아울러 눈까지 멀고 보니 그 누구 하나 대접하는 이 없건마는 본래 양반의 후손으로서 행실이 청렴하고 정직하며 지조와 기개가 고상하여 일동일정(一動一靜)[2]을 경솔히 하지 아니 하므로 그 동네의 눈뜬 사람은 모두 칭찬을 아끼지 아니 하였다.

1) 대대로 번창한, 문벌이 좋은 집안.
2) 모든 동작. 일거수일투족.

심봉사의 아내 곽씨 부인도 또한 현철(賢哲)[3]하여 덕과 아름다움과 절개를 갖추었고, 《예서》와 《시경》 중에 본받을 대목은 모르는 것이 없고 제사를 받드는 법이나 손님을 대접하는 법을 비롯하여 동네 사람과 화목하고 가장을 공경하고 살림하는 솜씨며 무슨 일이고 못하는 것 없이 다 잘하였다.

그러나 집안이 빈한(貧寒)[4]하니 곽씨 부인은 몸을 아끼지 않고 품팔이를 하였다. 삯바느질, 삯빨래, 삯길쌈, 삯마전, 염색일이며, 혼상대사(婚喪大事)[5]에 음식 만들기, 술 빚기, 떡 찧기 하며, 일 년 삼백 예순 날을 잠시라도 놀지 아니 하고 품을 팔아 모으는데, 푼을 모아 돈이 되면 돈을 모아 냥을 만들고, 냥을 모아 관이되면 이 동네 저 동네에서 실수 없이 받아들여 춘추(春秋)[6]로써 시제(時祭)[7]와 집안 제사를 받드는 것이며, 앞 못 보는 가장을 공경하고 시중드는 것이 한결같으니 가난과 병신은 조금도 허물됨이 없고 먼 마을 사람들까지도 부러워하고 칭찬하는 중에 재미나게 세월을 보내었다.

그러나 그같이 지내는 중에도 심학규의 가슴에는 한 가지 품은 억울한 한이 있으니, 슬하에 혈육이 하나도 없음이었다. 하루는

3) 어질고 밝음.
4) 아주 가난해서 쓸쓸함.
5) 혼례와 장례의 크고 작은 일.
6) 봄과 가을.
7) 철마다 지내는 종묘의 제사.

심봉사가 마누라를 곁에 불러 앉히고 말한다.

"여보 마누라, 거기 앉아 내 말 좀 들어 보오. 나는 편하다 하려 니와 마누라의 고생살이 도리어 불안하니 괴로운 일일랑 너무 하지 말고 사는 대로 삽시다. 그러나 내 마음에 매우 원통한 일 하나 있소. 우리 양주(兩主)[1] 이미 나이 사십이나 슬하에 혈육이라고는 하나도 없어 조상의 향불을 끊게 되니 죽어 저승으로 돌아간들 무슨 면목으로 조상을 대할 것이며, 우리 죽은 후에 장사치레와 소대상(小大喪)[2]이며, 해마다 돌아오는 기제사(忌祭事)[3]에 뉘 있어 밥 한 그릇 물 한 모금 떠놓겠소? 병신 자식일망정 남녀간에 낳아 본다면 평생 한을 풀 듯하니 어찌하면 좋을는고, 명산대천(名山大川)에 치성이나 들여 보오."

"지성껏 하오리다."

이렇게 대답하고 그날부터 품을 팔아 모은 재물로, 온갖 정성을 다 들인다. 이렇게 치성을 다 지내니 그 어찌 공든 탑이 무너지며 힘든 나무 부러지랴.

갑자년 사월 초파일에 꿈 하나를 얻었는데 이상할 뿐 아니라 맹랑 기괴하였다. 천지가 명랑하고 서기(瑞氣)[4]가 허공에 서리며 오색 꽃

1) 남편과 아내. 즉 부부.
2) 소상과 대상. 소상은 사람이 죽은 지 일 년 만에 지내는 제사를, 대상은 임금의 상사를 말함.
3) 해마다 죽은 날에 지내는 제사.
4) 상서로운 기운.

구름이 피더니 선인옥녀(仙人玉女)가 하늘에서 내려오는데 머리에는 화관(花冠)[5]이요, 몸에는 하의(霞衣)[6]로다. 둥근 옥패를 그 몸에 차고 옥패 소리 쟁쟁하며, 계화(桂花)[7] 가지를 손에 들고 내려오더니 부인 앞에 재배(再拜)[8]하고 곁으로 와서,

"소녀는 다른 사람이 아니라 서왕모의 딸인데 상제께 죄를 받아 인간계로 정배(定配)[9]되어 갈 바를 모르던 중 태상 노군과 후토 부인, 제불 보살 석가님이 댁으로 지시하기로 지금 찾아왔사오니 어여삐 여기소서."

하고 품에 와 안기기에 곽씨 부인이 놀라서 잠을 깨었다.

심봉사 내외가 꿈 이야기를 의논하니, 둘의 꿈이 똑같았다. 태몽인 줄 짐작하고 마음에 희한하여 못내 기쁘게 여기는데 그 달부터 태기가 있으니 이는 신불(神佛)의 힘인가 하늘의 도움인가? 아마도 부인의 정성이 지극하므로 역시 하늘이 감동하심이렷다.

하루는 해산할 기미가 있어 순산하기를 바랄 때 향기가 진동하며 꽃구름이 비끼더니 얼떨결에 아이를 낳으니 선녀 같은 딸이다.

"아가 아가 내 딸이야! 아들 겸 내 딸이야! 금을 준들 너를 사며 옥을 준들 너를 사랴? 어둥둥 내 딸이야! 은하수 직녀성이 네

주

5) 아름답게 장식한 관으로 예장(禮裝)할 때에 씀.
6) 노을로 만들어진 옷. 즉 치마가 붉음을 비유.
7) 계수나무 꽃.
8) 두 번 절하는 것.
9) 귀양지를 정하여 죄인을 유배시킴.

가 되어 내려왔나? 어둥둥 내 딸이야!"

심학규는 이처럼 주야(晝夜)로[1] 즐거워하는데 마음에서 우러나 이렇듯이 좋아하였다.

슬프다, 세상사여. 슬픔과 즐거움에 수(壽)가 있고 죽고 삶에 명(命)이 있는지라. 운수가 다하면 가련마는 몸을 용서치 않는다. 뜻밖에 곽씨 부인에게 산후 탈이 일어나 호흡을 헐떡이며 식음을 전폐하고 정신 없이 앓는데,

"애고 머리야, 애고 허리야!"

하는 소리에 심봉사 겁을 먹고 의원을 찾아 약을 쓰며 경(經)[2]도 읽고 굿도 하여 백 가지로 서둘러도 죽기로 든 병이라 인력으로 어찌 구하리오?

심봉사는 기가 막혀 부인 곁에 앉아서 온몸을 만져 보며 말하였다.

"여보, 여보 마누라, 정신 차려 말을 하오. 식음을 전폐하니 속이 비어 어찌하오. 삼신님께 탈이 되어 제석(帝釋)[3]님이 탈이 났나? 도리 없이 죽게 되었으니 이게 웬일이오? 만일 불행하여 마누라가 죽게 되면 눈 어두운 이놈의 팔자, 일가 친척 하나 없는 혈혈단신 외로운 이내 몸은 올 데 갈 데 없어지니 그도 또한 원통한데 강보에 싸인 딸아이는 어찌한단 말이오?"

1) 밤낮으로.
2) 불교의 경전.
3) 제석신(帝釋神)의 준말로, 무당이 모시는 신의 하나.

곽씨 부인 생각하여 보니 스스로 아는 병세라 살아나지 못할 줄을 짐작하며 봉사에게,

"여보 서방님, 내 말씀 들어 보오. 우리 부부 같이 늙어 백년을 같이 살자 하였거늘 명한(命限)⁴⁾을 못 이기고 필경은 죽을 테니, 죽는 나는 서럽지 아니 하나 장차로 가군(家君)⁵⁾의 신세 어찌하면 좋으리오. 내 평생 마음먹기를 앞 못 보는 가장님을 내가 조심 아니 하면 고생되기 쉽겠기로 더위 추위 비바람을 가리지 아니하고 동네방네 품을 팔아 밥도 받고 반찬 얻어 식은밥은 내가 먹고 더운밥은 가군 드려 굶지 않고 춥지 않게 극진 공경하였는데 천명이 이뿐인지 인연이 끊겼는지 도리 없이 죽게 되었네. 내가 만일 죽게 되면 의복 치레 뉘 거두며 조석공양(朝夕供養)⁶⁾ 뉘라 할까? 사고무친(四顧無親)⁷⁾ 외로운 몸이니 의탁할 곳 전혀 없는지라, 지팡막대 거머잡고 더듬더듬 다니다가 도랑에 떨어지고 돌에도 발길 채어 넘어져 신세를 자탄하여 우는 모양이 눈으로 보는 듯하고 기한을 못 이기어 이 집 저 집 다니면서 '밥 좀 주오!' 슬픈 소리가 귀에 쟁쟁이 들리는 듯하니 죽은 혼이 차마 어찌 듣고 보며, 밤낮 없이 바라다가 사십 후에 낳은 자식 젖 한 번 못 먹

4) 목숨의 한도.
5) 남에게 자기 남편을 일컫는 말.
6) 아침저녁으로 웃어른께 음식을 드림.
7) 의지할 데가 도무지 없음.

이고 죽다니 무슨 일인고! 어미 없는 어린것을 뉘 젖 먹여 길러 내며, 춘하추동 사시절을 무엇 입혀 길러 내리! 이 몸이 뜻밖에 죽게 되면 머나먼 황천길을 눈물이 가려 어찌 가며, 앞이 막혀 어찌 갈꼬! 여보시오 봉사님, 저 건너 김동지 댁에 돈 열 냥을 맡겼으니 그 돈일랑 찾아다가 내 죽은 초상에 쓰시고, 항아리에 넣은 양식 해산쌀로 두었다가 못 먹고 죽어 가니 장사나 치른 다음 양식으로 쓰시고, 진어사 댁 관대 한 벌, 흉배에 수놓다가 끝내지 못하고 보에 싸 농 안에다 넣었으니 남의 귀중한 의복일랑 나 죽기 전에 보내시고, 뒷마을 귀덕 어미는 나와 친한 사람이니 내가 죽은 뒤에라도 어린 아이 안고 가서 젖 좀 먹여 달라 하면 괄시는 아니 하리다. 하늘이 도와 저 자식이 죽지 않고 살아나서 제 발로 걷거들랑 앞세우고 길을 물어 내 무덤에 찾아와서 '아가 아가, 이 무덤이 너의 모친 무덤이다' 라고 또렷하게 가르쳐서 모녀 상봉 시켜 주오. 천명을 못 이겨 앞 못 보는 가장에게 어린 자식 떼쳐 두고 영이별로 돌아가니 가군의 귀하신 몸 애통해 하지 말고 천만보중(千萬保重)[1]하소서. 이승에서 미진(未盡)[2]한 일 후생에서 다시 만나 이별 없이 살고 싶소."

유언하고 한숨 쉬며 돌아누워 어린 아이에게 낯을 대고 혀를 찬다.

1) 매우 중히 여김.
2) 미처 다 하지 못함.

"아차! 내가 잊었구려. 이 애 이름을 청이라 불러 주오. 이 애 주려고 만든 굴레진 옥판 붉은 술에 진주 드림 붙여 달아 함 속에 넣었으니, 아기가 엎치락뒤치락하거들랑 나 본 듯이 씌워 주오."

말을 마치매 딸꾹질 두세 번에 숨이 덜컥 그쳤다. 슬프다, 곽씨 부인은 이미 다시 이승 사람이 아니었다. 슬프다 사람의 수명을 어찌 하늘이 돕지 못하는가! 심봉사는,

"애고 마누라, 참으로 죽었는가?"

가슴을 꽝꽝, 머리를 탕탕 치며 발을 동동 그르면서 울며 부르 짖는다.

울다가 기가 막힌 심봉사는 머리를 방바닥에 부딪치며 몸부림 치니 이리 덜컥 저리 덜컥, 치둥글 내리둥글 엎어져 슬피 통곡하 니, 이 때 도화동 사람들 이 소식을 듣고 남녀노소 할 것 없이 누 가 아니 슬퍼하리!

비록 가난한 집안의 초상이라도 동네가 힘을 모아 정성껏 차렸 으니 상여 치레는 매우 현란하였다. 상두꾼들 두건, 제복(祭服)[3], 행전(行纏)[4]까지 생포(生布)[5]로 호사하게 차려 입고 상여를 얼메 고 갈지자(之)로 운구한다.

"댕그렁 댕그렁 어화 넘차 너호."

3) 제사 때에 입는 예복.
4) 바지, 고의를 입을 때 정강이에 감아 무릎 아래에 매는 물건.
5) 누이지 않은 베.

그때 심봉사는 어린아이 강보에 싸 귀덕 어미에게 맡겨 두고, 제복을 얻어 입고 상여 뒤체를 거머잡으며 미친 듯 취한 듯 겨우 부축을 받아 나아간다.

"애고 여보 마누라, 날 버리고 어디로 간단 말인가? 나도 갑세, 나와 가! 만 리라도 나와 가세! 어찌 그리 무정한가? 이제는 자식도 귀하지 않소. 얼어서도 죽을 테고, 굶어서도 죽을 것이니 나와 함께 갑세다."

"어화 넘차 너호!"

그럭저럭 건너가 안산(案山)[1]으로 돌아들어 양지바른 자리를 가려서 깊이 안장한 후에 평토제(平土祭)[2]를 지내는데, 심봉사가 본래부터 맹인이 아니라 이십 후의 실명이라 머릿속에는 들어 있는 학식이 많으므로 원한이 사무치는 축문을 지어 몸소 읽는다.

"슬프다 부인이여! 이토록 요조한 숙녀를 맞아 좋을 때에 짝으로 삼고서 백 년을 같이 늙자 하였거늘, 이제 갑자기 죽으니 부인의 혼백은 아주 갔노라. 젖먹이를 남겨 두고 영이별하니 장차 내 무슨 수로 기를 수 있으리오? 돌아오지 못할 길을 부인이 떠나가니 어느 때고 다시는 오지 못하겠기에 소나무와 가래나무가 무성한 언덕에 깊이 묻었으니 푸른 묏부리와 더불어 길이 쉴지어다.

18

생전에 들던 음성과 모습이 아득히 멀어지니 슬프다! 이제는 보지도 듣지도 못하리라. 백양나무 가지 밖으로 달이 지니 산이 적적하고 밤은 깊은데, 어디서 귀신 우는 소리가 들리는 듯하니 무슨 말씀이든 하소연한들 저승과 이승이 가로막혀 길이 다르니 그 뉘라서 위로할 수 있으리오? 후유! 주과포혜(酒果脯醢)[3]로 간략히 차려 놓았으니, 부인이여! 부디 많이 먹고 돌아가 주소서.”

심청전

심봉사는 부인을 매장하여 공산야월(空山夜月) 쓸쓸한 곳에 혼자 두고 허둥지둥 돌아오니, 부엌 안은 쓸쓸하고 방안은 텅 비었는데 분향(焚香)은 그저 피어 있었다. 휑뎅그렁한 빈 방 안에 벗도 없이 혼자 앉아 온갖 슬픔을 짓씹고 있을 때 이웃집 귀덕 어미가 사람 없는 동안에 아기를 데려다 돌보아 주었다가 건너와 아기를 주고 가는지라, 심봉사는 이를 받아 품안에 안고서 지리산 갈가마귀 게발 물어다 던진 듯이 혼자 우뚝 앉았으니 슬픔이 하늘에 사무치거늘 품안에 어린것은 자지러져 울어댄다.

그렁그렁 그날 밤을 넘기는데 아기는 젖 못 먹어 기진하고 심봉사는 어두운 눈이 더욱 침침하여 어찌할 바를 모를 제, 동녘이 밝아지매 우물가에 두레박 소리가 귀에 얼른 들리기에 날이 새었음을 짐작한지라, 문을 활짝 열어젖히며 단숨으로 우둥퉁 밖에 나가 애걸한다.

---

3) 술과 과실, 양념하여 말린 고기와 식혜만으로 간략하게 차린 제물.

"우물가에 오신 부인 뉘신 줄은 모르나 칠 일 만에 어미 잃고 젖 못 먹어 죽게 된 이 아기를 젖 좀 먹여 주오."

그러나 그 부인 대답한다.

"나는 젖이 없소마는 젖 있는 여인네가 이 동네에 많으므로 아기 안고 찾아가서 좀 먹여 달라 하면 누가 괄시하겠소?"

심봉사는 그 말을 듣자 품속에다 아기 안고 한 손에는 지팡이를 거머잡고 더듬더듬 동네로 걸어가서 젖먹이 있는 집을 찾아 사립문을 밀치고 안으로 들어서며 애걸복걸 빈다.

"이 댁이 뉘시온지 사뢸 말씀 있나이다."

"어쩐 일로 오셨소?"

"어질고 현명하던 우리 아내 인심으로 생각하나 눈 먼 나를 보더라도 어미 잃은 우리 아기 이 아니 불쌍하오! 댁의 아기 먹고 남은 젖이 있거들랑 이 애 젖 좀 먹여 주오."

근방의 부인네들 심봉사의 사정을 알므로 한없이 측은히 여겨서 아기 받아 젖을 먹이고 돌려주며 말한다.

"여보시오 봉사님, 어렵게 생각말고 내일도 안고 오고, 모레도 안고 오면 이 애를 설마 굶게 하겠소."

백 배로 치하(致賀)[1]하고 아기를 품에 안고 집으로 돌아와서는 요를 덮어 뉘어 놓고, 아기가 노는 사이에 심봉사는 동냥을 다닌

1) 남의 도움에 감사의 뜻을 표함.

다. 이렇듯이 구걸하여 매월 초하루 보름의 삭망(朔望)[2]과 소상 (小祥)[3]을 빠뜨리지 아니 하며 지나갈 제, 심청이는 크게 될 사람 이라 천지 신명이 도와주어 잔병 없이 자라나고 세월은 흐르는 물 같은지라, 그의 나이 육칠 세가 되어 가니 소경 아비의 손을 잡고 앞에 서서 인도한다.

다시 심청의 나이 십여 세가 되어 가니 얼굴은 일색이요, 효행 이 지극하였다. 소견(所見)[4]도 능통하고 재주도 매우 빼어나서 부친께 바치는 조석 반찬과 모친의 기제사에 지극한 정성을 기울 이므로 어른을 넘어설 지경이니 아니 칭찬하는 이 없다.

세상에 덧없는 것은 세월이요, 무정한 것은 가난이라. 심청의 나이 열한 살이 되었을 무렵에는 가세도 군색(窘塞)[5]하고 늙은 부친은 병으로 시달리니, 어리고 연약한 몸이 무엇을 의지하고 살리오.

하루는 심청이 부친께 여쭙는다.

"아버님 들으십시오. 눈 어두우신 아버지가 험한 큰길을 다니 시면 다치기 쉬우며, 비바람을 무릅쓰고 나다니시면 병환 나실까 염려되오니, 오늘부터 아버지는 집에 앉아 계시오면 소녀 혼자

주

2) 음력 초하룻날과 보름날.
3) 사람이 죽은 지 1년 만에 지내는 제사.
4) 사물을 보고 살펴 가지게 된 생각이나 의견.
5) 필요한 것이 없거나 모자라 옹색함.

21

밥을 얻어 조석 걱정 덜겠습니다."

심청이는 그날부터 밥을 빌러 나섰다. 이렇듯이 봉양하여 춘하 추동 사시절을 쉬는 날이 없이 밥을 빌어 왔고, 나이 점점 들수록 바느질과 길쌈으로 삯을 받아 부친 공경을 한결같이 하였다.

세월은 흐르는 물 같아서 심청이가 열다섯 살이 되니 얼굴이 나라에서 첫손 꼽는 국색(國色)[1]이요, 효행이 극진한데 재주마저 비범하고 문필도 넉넉하니 여자 중에 군자요, 새 무리 중에 봉황 이요, 꽃 중에서는 모란에 비길 만하였다.

원근(遠近)[2]에 이 소문이 퍼지매 저 건너 마을 무릉촌의 장승 상 부인이 심소저(小姐)[3]를 청하니 시비(侍婢)[4]를 따라갈 제 천 천히 발을 옮겨 승상 댁에 당도한다.

"네가 틀림없는 심청이냐? 과연 듣던 말과 같이 아름답구나."

자리를 주어 앉힌 후에 승상 부인이 자세히 살펴보니 별로 단장 한 바도 없거늘 타고난 자태가 아리따워 나라에서 으뜸가는 미녀 였다.

"심청아 내 말 듣거라. 승상이 이미 세상을 떠나시고 아들은 삼 형제이나 모두 다 황성에 가 객지에 벼슬살이요, 다른 자식과 손

1) 나라 안에서 가장 아름다운 여자.
2) 멀고 가까운 곳.
3) 과거에 처녀를 가르켜 부르던 말.
4) 곁에서 시중드는 여자 종.

자는 없다. 슬하에 말벗이 없으니 자나깨나 적적한 빈방에서 대하는 것이 촛불이요, 기나긴 겨울밤에 보는 것이 고서(古書)로다. 네 신세를 생각하니 양반의 후예로서 저렇듯 빈곤하니, 내 집의 수양딸 되면 여공(女工)[5]도 손 익히게 하고 문자도 학습시켜 친딸같이 출가시켜 말년 재미를 보고자 하는데 너의 뜻이 어떠하냐?"

심청이 여쭙기를,

"팔자가 기구하여 저 낳은 지 칠 일 만에 모친이 세상을 뜨셨기로 앞 못 보는 늙은 부친이 저를 싸안고 다니면서 동냥젖을 얻어 먹여 겨우 겨우 길러 내어 이토록 컸으나, 모친의 모습과 몸가짐을 전혀 몰라 철천(徹天)의 한(恨)[6]이 되어 그칠 날이 없기로 내 부모를 생각하여 남의 부모 공경하였거늘 오늘날 승상 부인 존귀하신 처지로서 미천함을 불구하시고 은혜 입으면 이 몸은 부귀 영화 누리겠지만 앞 못 보는 우리 부친 사철 의복, 조석 공양 뉘 있어 하오리까? 길러 내신 부모 은덕 사람마다 있거니와 이 몸은 더욱 부모 은혜 견줄 바 없으니 잠시라도 슬하를 떠날 수 없습니다."

심청이는 목이 메어 말을 잇지 못하고, 눈물이 흘러내려 옥 같은 얼굴을 적시니, 봄바람 보슬비에 복사꽃 떨어지듯 하는지라, 부인이 가상히 듣고 이른다.

5) 여자들이 하던 길쌈질.
6) 하늘에 사무치도록 깊은 한.

"네 말 들으니 과연 하늘이 낸 효녀로다. 망령된 이 늙은이 미처 그 일을 생각지 못하였구나."

부인이 애틋이 여겨 비단과 패물이며 양식을 후히 주고 시비와 함께 보내며 말씀하신다.

"심청아 내 말 듣거라. 너는 나를 잊지 말고 모녀 간의 굳은 의를 지켜라."

이리하여 심청이는 하직하고 돌아왔다. 그 무렵 심봉사는 무릉촌에 딸을 보내고 말벗 없이 홀로 앉아 딸 오기만 기다리는데, 아무리 기다려도 발자취는 전혀 없다. 심봉사는 갑갑하기에 지팡막대 거머잡고 딸 마중 나가 본다.

더듬더듬 주춤주춤 사립문 앞에 나가다가 비탈에 발이 삐긋 밀려 개천물에 풍덩하고 떨어지니, 얼굴에는 진흙이요 의복이 다 젖었다. 두 눈을 희번덕, 두 팔을 허위적, 나오려면 빠지고 사방 물이 출렁출렁 물소리만 요란하니, 심봉사 겁을 먹고 외친다.

"아무도 거기 없소? 사람 살리시오!"

몸은 점점 깊이 빠져 허리 위로 물이 돈다.

"아이고 나 죽는다!"

차츰 물이 올라와서 목덜미를 감돈다.

"허푸허푸, 아이고 사람 죽소!"

아무리 소리를 친들 오가는 사람이 그쳤으니 뉘 있어 건져 줄까. 이 때 몽운사의 화주승(化主僧)[1]이 지나가다가 소리나는 곳을 찾아가니 어떤 사람이 개천물에 떨어져 거의 죽게 되었으므로 그 중은 깜짝 놀라 굴갓, 장삼을 훨훨 벗어 되는 대로 버려 두고, 짚고 있던 구절죽장(九節竹杖)[2]은 되는 대로 내던지고, 대님, 버선을 다 벗고 누비바지 아래를 똘똘 말아 올려붙이고는 징검징검 들어가 심봉사의 가는 허리를 후려쳐 담쑥 안고 '어뚜름 이어차!' 끌어내어 밖에다 앉힌 후에 자세히 보니 낮이 익은 심봉사였다.

"허허 이게 웬일이오?"

"나 살린 이 뉘시오?"

"소승은 몽운사 화주승이올시다."

그 중이 손을 잡고 심봉사를 인도하여 방 안으로 들어가서 젖은 의복을 벗겨 놓고 마른 옷을 입힌 후에 물에 빠진 내력을 물으매 심봉사가 신세를 한탄하며 전후 사정을 말하니 중이 일러 준다.

"우리 절 부처님은 영험한지라 빌어서 아니 되는 일 없고 구하면 응하시니 부처님께 공양미 삼백 석을 시주(施主)[3]로 올리고 지성으로 비시면 살아 생전에 눈을 떠서 천지만물 두루 보고 성한 사람 됩니다."

심봉사는 그 말을 듣더니 처지는 생각지 않고 눈뜬다는 말만 반갑다.

🔵 주 ─────────────────────

1) 시주하는 물건을 얻어 절의 양식을 대는 중.
2) 아홉 마디가 있는, 중이 짚는 대지팡이.
3) 중이나 절에 물건을 베풀어 주는 사람. 또는 그 일.

"여보시오 대사! 공양미 삼백 석을 권선문(勸善文)[1]에 적어 가소."

그 중은 허허 웃는다.

"적기는 적겠으나 댁의 가세를 둘러보니 삼백 석을 주선할 길 없을 듯합니다."

심봉사가 화를 낸다.

화주승이 다시 허허 웃으며 권선문에,

'심학규 쌀 삼백 석.'

이라 대서특필하고는 하직하고 돌아갔다. 심봉사가 중을 보내 놓고 곰곰이 생각하니, 이는 긁어 부스럼이요 도리어 후환이라 홀로 앉아 스스로 탄식한다.

"내가 공을 드리려다 만약에 죄가 되면 이를 장차 어찌 하잔 말인고?"

묵은 근심 새 걱정이 불같이 일어나 신세를 탄식하며,

"천지가 아주 공평하여 별로 치우침이 없건마는 이내 팔자 어찌하여 형세 없고 눈도 멀어 해와 달같이 밝은 것을 분별할 수 전혀 없고, 처자 같은 정든 사이도 마주 대하여 못 보는가? 우리 망처(亡妻)[2] 살았으면 조석 근심 없을 것을, 다 커 가는 딸자식이 동네 품을 팔아 겨우 풀칠하는 중에 공양미 삼백 석이 어디 있어

1) 불가에서 축수를 드릴 때 읽는 독경.
2) 죽은 아내.

호기 있게 적어 놓고 백 가지로 궁리하나 방책이 전혀 없으니 이를 어찌한단 말인가? 장독, 그릇 다 팔아도 한 되 곡식 못 살 것이며, 장롱, 함을 다 팔아도 단돈 닷 냥에도 사지 않으리라. 집이라도 팔자 하나 비바람을 못 가리니 나라도 아니 사리라. 내 몸이나 팔자한들 눈 못 보는 이 잡것을 어느 누가 사 가리오? 애고 애고 서러워라, 애고 애고 서러워라."

한동안 이렇게 슬피 울고 있을 제 심청이가 급히 돌아와서 닫힌 방문을 벌떡 열고,

"아버님!"

하고 부르더니, 저의 부친의 모양 보고 깜짝 놀라 달려든다.

"애고 이게 웬일이시오? 나 오는가 마중하고자 문 밖에 나오시다 이런 욕을 보셨나이까. 벗으신 의복을 보니 물에 흠씬 젖었으니, 물에 빠져 욕 보셨어요? 애고, 아버지 춥긴들 오죽하며 분함인들 오죽한가요."

승상 댁 시비에게 방에 불을 때 달라고 부탁하고 치마를 걷어쥐고 눈물을 씻으면서 얼른 밥을 지어 부친 앞에 상을 놓는다.

"아버지 진지 잡수시오."

"나 밥 안 먹으련다."

"무슨 근심이라도 계시오?"

"네 알 일 아니로다."

"아버지 무슨 말씀이오? 소녀는 아버지만 바라고 살고, 아버지

께서는 소녀를 믿어 대소사를 의논하시더니 오늘날 무슨 일로 내가 알 일이 아니라니, 소녀 비록 불효이나 말씀을 속이시니 마음이 서럽습니다."

"아가 아가 울지 마라. 너 속일 리 없지마는 네가 만일 알고 보면 지극한 네 효성이 걱정이 되겠기로 진작 말 못하였다. 아까 너오는가 문밖에 나갔다가 개천물에 빠져 죽게 되었더니 몽운사 화주승이 나를 건져 살려 놓고 '몽운사 부처님이 영험하기 다시 없으니 공양미 삼백 석을 부처님께 시주하면 생전에 눈을 떠서 성한 사람이 된다'기로 형편은 생각지 아니 하고 홧김에 적었으니 이 어찌 될 말이냐? 도리어 후회로다."

심청이 그 말 듣고 반기어 웃으면서 대답한다.

"이제 새삼 후회하시면 정성이 못 되니 아버님 어두우신 눈 정녕 밝혀 보게 공양미 삼백 석을 아무쪼록 마련하여 보겠습니다."

"네 아무리 하자고한들 우리 형세에 단 백 석인들 할 수가 있겠느냐?"

"아버지 그런 말씀 마십시오. 지성이면 감천이라 아무 걱정 마십시오."

심청이는 부친의 말을 듣고 그날부터 뒤뜰을 정히 하고 황토로 단을 모아 좌우로 금줄 매고 정화수 한 동이를 소반 위에 받쳐 놓고 북두칠성을 향하여 분향 재배한 다음에 공손히 무릎 꿇고 두 손 모아 빈다.

"상천 일월성신이며, 하지 후토 성황 사방지신, 제천 제불 석가여래 팔금강 보살, 소소 응감하옵소서. 하느님이 일월 두기 사람의 안목이라, 일월이 없사오면 무슨 분별 하오리까. 소녀 아비 무자생 이십 후 눈이 멀어 사물을 보지 못하오니, 소녀 아비 허물일랑 이 몸으로 대신하고 아비 눈을 밝게 하고, 오복(五福)을 갖게 하여 주옵소서."

이렇듯이 밤낮으로 빌었더니 도화동 심소저는 하늘이 아는 바라 흠향(歆饗)[1]하시고 앞일을 인도하시었다. 하루는 유모 귀덕어미가 오더니,

"아가씨, 이상한 일 보았나이다."

"무슨 일이 이상하오?"

"어떠한 사람인지 십여 명씩 다니면서, 값은 고하간(高下間)[2]에 십오 세 처녀를 사겠다고 다니니 그런 미친놈들이 있소?"

심청이 속마음으로 반겨 듣고,

"여보, 그 말 진정이오? 정말로 그리 될 양이면, 그 다니는 사람 중에 노숙하고 점잖은 사람을 불러오되, 말이 밖에 나지 않게 조용히 데려오오."

귀덕 어미 대답하고 과연 데려왔는지라, 처음은 유모를 시켜 사

주

1) 신명(神明)이 제물을 받음.
2) 값이 비싸든 싸든 따지지 아니 함.

람 사려는 까닭을 물은즉 그 사람의 대답이,

"우리는 본디 황성 사람으로서 장사차로 배를 타고 만 리 밖에 다니더니, 배 갈 길에 인당수라 하는 물이 있어 변화 불측하여 자칫하면 몰사(沒死)를 당하는데, 십오 세 처녀를 제수(祭需)[1]로 제사를 지내면, 수로 만리를 무사히 왕래하고, 장사도 흥왕(興旺)[2]하옵기로 생애가 원수로 사람 사러 다니오니, 몸을 팔 처녀가 있사오면 값을 관계치 않고 주겠나이다."

심청이 그제야 나서며,

"나는 본촌 사람으로, 우리 부친 눈이 멀어 세상을 분별 못 하기로 평생에 한이 되어 하느님 전에 축수하던 중, 몽운사 화주승이 공양미 삼백 석을 불전에 시주하면 눈을 떠서 보리라 하되, 집안이 가난하여 주선할 길 없삽기로 내 몸을 팔아 발원(發源)[3]하기 바라오니 나를 삼이 어떠하오? 내 나이 십오 세라 그 아니 적당하오?"

선인이 그 말 듣고 심소저를 보더니 마음이 억색(臆塞)[4]하여 다시 볼 정신이 없이 고개를 숙이고 묵묵히 섰다가,

"낭자 말씀 듣자오니 거룩하고 장한 효성 비할 데 없삽내다."

1) 제사에 소용되는 여러 가지 음식이나 재료.
2) 세력이 매우 왕성함을 일컬음.
3) 신이나 부처님께 비는 소원.
4) 몹시 원통하거나 슬퍼서 가슴이 막힘.

이렇듯이 치하한 후에 저의 일이 긴한지라,

"그리하오."

하고 허락하니 심소저가 묻기를,

"행선날이 언제입니까?"

"내월 십오 일이 행선할 날이오니, 그리 아옵소서."

피차에 약속하고, 그날로 선인들이 공양미 삼백 석을 몽운사에 보냈다.

심소저는 귀덕 어미를 백 번이나 단속하여 말 못 나게 한 연후에 집으로 돌아와 부친 전에 여쭈오되,

"아버지."

"왜 그러느냐?"

"공양미 삼백 석을 몽운사로 올렸나이다."

심봉사 깜짝 놀라서,

"그게 어쩐 말이냐? 삼백 석이 어디 있어 몽운사로 보냈어?"

심청이 같은 효성으로 거짓말을 하여 부친을 속일까마는 어쩔 수 없어 잠깐 속여 여쭙는다.

"일전에 만나 뵈온 무릉촌 장승상 댁 부인께서 소녀보고 말씀하기를 '수양딸 노릇 하라' 하되 아버지 계시기로 허락을 아니 하였는데, 사세 부득하여 이 말씀 사뢰었더니 부인이 반겨 듣고 쌀 삼백 석 주시기로 몽운사로 보내옵고 수양딸로 팔렸습니다."

심봉사 물정 모르고 소리내어 웃으며 즐겨 한다.

"어허, 그 일 잘 되었다. 언제 데려간다더냐?"

"내월 십오 일에 데려간다 하옵니다."

"네가 게 가서 살더라도, 나 살기 관계찮지! 참으로 잘 되었다."

부녀 간에 이같이 문답하고, 부친을 위로한 후, 심청이는 그날부터 선인을 따라갈 일을 곰곰 생각하니, 사람이 세상에 생겨나서, 한때를 못 보고 이팔 청춘에 죽을 일과 눈먼 부친 영결(永訣)[1]하고 죽을 일이 정신이 아득하여 일에도 뜻이 없어 식음을 전폐하고 시름없이 지내다가 다시 생각하여 보니 엎질러진 물이 되고 쏘아 놓은 살이었다.

"내 몸이 죽어지면 춘하추동 사시절에 부친 의복 뉘라 다 할까? 아직 살아 있을 때에 아버지 사철 의복 망종(亡終)[2] 지어 드리리라."

하고 춘추 의복과 하동 의복을 보에 싸서 농에 넣고, 갓, 망건도 새로 사서 걸어 두고 행선날을 기다릴 제, 하룻밤이 격한지라.

밤은 깊어 삼경(三更)[3]인데, 은하수는 기울어져 촛불이 희미할 제, 두 무릎을 쪼그리고 아무리 생각한들 심신이 어지럽다. 복받쳐 오르는 울음을 부친 귀에 들리지 않게 속으로 느껴 울며 부친의 낯에다가 얼굴을 가만히 대어 보고 손발도 만지면서,

1) 죽은 사람과 산 사람이 영원히 헤어짐.
2) 사람의 목숨이 끊어지는 때.
3) 한 밤을 다섯 등분한 셋째로, 밤 11시부터 오전 1시까지를 가리킴.

"오늘 밤 모시면 다시는 못 뵐 테지. 내가 한 번 죽어지면 여단수족(如斷手足)[4] 우리 부친 누굴 믿고 살으실까? 애닲도다, 우리 부친. 내가 철을 안 연후에 밥 빌기를 하였더니, 이제 내 몸이 죽어지면 춘하추동 사시절을 동네 걸인되겠구나. 눈총인들 오죽하며, 괄시인들 오죽할까? 부친 곁에 내가 모셔 백 세까지 공양하다가 이별을 당하여도 망극한 이 설움이 측량할 수 없을 텐데, 하물며 이러한 생이별이 고금천지(古今天地)에 또 있을까? 우리 부친 곤한 신세, 적수단신(赤手單身)[5] 살자한들 조석 공양 뉘라 하며, 고생하다 죽사오면 또 어느 자식 있어 머리 풀고 애통하며, 초종장례(初終葬禮)[6] 소대기며 연년 오는 기제사에 밥 한 그릇 물 한 그릇 뉘라서 차려 놓까? 몹쓸 년의 팔자로다, 칠 일만에 모친 잃고 부친마저 이별하니 이런 일이 또 있는가? 우리 부녀 이 이별은, 내가 영영 죽어 가니 어느 때 소식 알며 어느 날에 만나 볼까? 돌아가신 우리 모친 황천으로 들어가고 나는 인제 죽게 되면 수궁으로 갈 터이니, 수궁에 들어가서 모녀 상봉하자 한들 황천, 가기 몇 천 리나 된다는지? 황천을 묻고 불원천리 찾아간들 모친이 나를 어이 알며, 나는 모친 어이 알리? 만일 알고 뵈옵는 날,

주

4) 손발이 잘림과 같다는 뜻으로, 요긴한 사람이나 물건이 없어져 몹시 아쉬움.
5) 맨손과 홀몸이라는 뜻으로, 가진 재산도 없고 의지할 일가붙이도 없는 외로운 몸.
6) 초상난 뒤부터 석 달 만의 정일(丁日)이나 해일(亥日)까지의 일컬음.

부친 소식 묻자오면 무슨 말로 대답할꼬? 오늘 밤 오경(五更)[1)]시를 함지(咸池)[2)]에 머무르고, 내일 아침 돋는 해를 부상(扶桑)[3)]에 매었으면 하늘같은 우리 부친 한번 더 보련마는 밤 가고 해 돋는 일 그 뉘라서 막을손가?"

천지가 사정 없어 이윽고 닭이 우니 심청이 기가 막혀,

"닭아 닭아, 우지 마라. 네가 울면 날이 새고, 날이 새면 나 죽는다. 나 죽기란 섧지 않으나, 의지 없는 우리 부친 어찌 잊고 가잔 말가?"

밤새도록 섧게 울고 동방이 밝아 오니, 부친 진지 지으려고 문을 열고 나서 보니 벌써 선인들이 사립문 밖에서 주저주저하며,

"오늘 행선 날이오니, 빨리 가게 하옵소서."

심청이 그 말 듣고, 대번에 두 눈에서 눈물이 빙 돌아 목이 메어 사립문 밖에 나가서,

"여보시오 선인네들, 오늘 행선하는 줄은 내가 이미 알거니와 부친이 모르오니 잠깐 지체하옵시면, 불쌍하신 우리 부친 진지나 하여 상을 올려 잡순 후에 말씀 여쭈옵고 떠나게 하오리다."

선인들이 불쌍하고 가엾게 여기어,

---

1) 하룻밤을 다섯으로 나누었을 때 다섯째 부분으로 오전 3시에서 5시까지.
2) 해가 진다고 하는 서쪽의 큰 연못.
3) 옛 중국에서 해가 뜨는 동쪽 바다 속에 있다고 한 상상의 신성한 나무. 또는 그 나무가 있다는 곳.

"그리하오."

허락하니, 심청이 들어와서 눈물 섞어 밥을 지어 부친 앞에 상을 올리고, 아무쪼록 진지 많이 잡수시도록 하느라고 상머리에 마주 앉아 자반[4]도 뚝뚝 떼어 수저 위에 올려 놓고 쌈도 싸서 입에 넣어,

"아버지, 진지 많이 잡수시오."

"오냐, 많이 먹으마. 오늘은 각별하게 반찬이 매우 좋구나. 뉘집 제사 지냈느냐?"

심청이 기가 막혀 속으로만 느껴 울며 훌쩍훌쩍 소리나니, 심봉사는 물색 없이 귀 밝은 체 말을 한다.

"아가, 너 몸 아프냐? 감기가 들었나 보구나. 오늘이 며칠이냐? 오늘이 열닷새지, 응?"

부녀의 천륜(天倫)[5]이 중하니 몽조(夢兆)[6]가 어찌 없을소냐? 심봉사가 간밤 꿈 이야기를 하되,

"간밤에 꿈을 꾸니 네가 큰 수레를 타고 한없이 가 보이니, 수레라 하는 것은 귀한 사람 타는 것이라 아마도 오늘 무릉촌 승상댁에서 너를 가마 태워 가려나 보다."

심청이 들어 보니 분명히 자기 죽을 꿈이로다. 속으로 슬픈 생각 가득하나 겉으로는 아무쪼록 부친이 안심하도록,

---

4) 생선을 소금에 절인 반찬감. 또는 그것을 굽거나 쪄서 조리한 반찬.
5) 부자 · 형제 사이에서 마땅히 지켜야 할 도리.
6) 꿈자리.

"그 꿈이 장히 좋소이다."

라 대답하고, 진지상을 물려 내고 담배 피워 물려 드린 후에, 사당에 하직차로 세수를 정히 하고 눈물 흔적 없앤 후에 정한 의복 갈아입고 뒤뜰에 들어가서, 사당문 가만히 열고 술과 안주를 차려 놓고 통곡 재배 하직(下直)[1]할 제,

"불효 여식 심청이는 부친 눈뜨게 하오려고 남경 장사 선인들께 삼백 석에 몸을 팔려 인당수로 떠나오니, 소녀가 죽더라도 아비의 눈뜨게 하고 착한 부인 배필 정해 아들 낳고 딸을 낳아 조상 제사 전하게 하소서."

이렇게 축원하고 문 닫으며 우는 말이,

"소녀가 죽사오면 이 문을 누가 여닫으며, 동지, 한식, 단오, 추석 사 명절이 온들 주과포혜를 누가 다시 올리오며, 분향 재배 누가 할꼬? 조상의 복이 없어 이 지경이 되옵는지, 불쌍한 우리 부친 강근지친(强近之親)[2] 전혀 없고, 앞 못 보고 형세 없어 믿을 곳 없이 되니 어찌 잊고 죽어 갈까?"

우르르 나오더니 자기 부친 앉은 앞에 철썩 주저앉아 '아버지!' 부르더니 말 못 하고 기절한다. 심봉사 깜짝 놀라,

"아가, 웬일이냐? 봉사의 딸이라고 누가 손가락질 하더냐? 이

1) 먼 길을 떠날 때 웃어른에게 작별을 고함.
2) 아주 가까운 일가.

것이 어쩐 일이냐? 말 좀 하여라."

심청이 정신 차려,

"아버지!"

"오냐."

"제가 불효 여식으로 아버지를 속였소. 공양미 삼백 석을 누가 저를 주오리까? 남경 장사 선인들께 삼백 석에 몸을 팔아 인당수 제수로 가기로 하와, 오늘이 행선날이오니 저를 오늘 망종보오."

사람의 슬픔이 극진(極盡)[3]하면 가슴이 막히는 법이라, 심봉사하도 기가 막혀 놓으니 울음도 아니 나오고 실성을 하는데,

"애고, 이게 웬 말이냐, 응? 참말이냐 농담이냐? 말 같지 아니하다. 나더러 묻지도 않고 네 마음대로 한단 말가? 네가 살고 내 눈뜨면 그는 응당 좋으려니와 자식 죽여 눈을 뜬들 그게 차마 할 일이냐? 너의 모친 너를 낳고 칠 일 만에 죽은 후에 눈조차 어둔 놈이 품안에 너를 안고, 이집 저집 다니면서 동냥 젖 얻어 먹여 그만큼이나 자랐기로 한시름 잊었더니, 이게 웬 말이냐? 눈을 팔아 너를 살릴지언정 너를 팔아 눈을 산들 그 눈 해서 무엇하랴? 어떤 놈의 팔자로서 아내 죽고 자식 잃고 사궁지수(四窮之獸)[4]가 되단 말가? 네 이 선인 놈들아! 장사도 좋거니와, 사람 사다 제수

주

3) 정성이 더할 나위 없음.
4) 부모 없는 자식, 자식 없는 늙은이를 일컬음.

하는 걸 어디서 보았느냐? 눈먼 놈의 무남독녀 철모르는 어린것을 나 모르게 유인하여 산단 말이 웬 말이냐? 쌀도 싫고 돈도 싫고, 눈뜨기 내 다 싫다. 네 이 독한 상놈들아! 생사람 죽이면 대전통편(大典通編)[1] 법에 걸리렷다!"

이렇듯이 심봉사는 홀로 큰소리하더니 이를 갈며 죽기로 기를 쓰는지라, 심청이가 허겁지겁 부친을 붙잡는다.

"아버지 아버지! 이 일은 남의 탓이 아니오니 그리 마소서."

부녀가 서로 붙잡고 뒹굴며 통곡하니 도화동의 남녀노소 뉘 아니 슬퍼하리오. 뱃사람들도 모두 눈물진다. 그 중의 한 사람이,

"여보시오 영좌(領座)[2] 영감! 하늘이 낸 큰 효 심소저는 말할 것도 없거니와 심봉사 저 영감이 참으로 불쌍하니, 우리 선인 삼십 명이 밥 열 숟가락 모아 한 그릇 밥이 된다 하니 저 양반 남은 여생일랑 우리들이 굶지 않도록 주선하여 주도록 하세."

하고 발설하니 모두들 고개를 끄덕이며,

"그 말 옳소!"

하고 돈 삼백 냥, 백미 백 석, 무명 삼베 각 한 바리를 마을 안으로 들여 놓으며 말한다.

"삼백 냥은 논을 사서 착실한 사람 주어 토지를 경작하고, 백미

1) 조선 정조 때 편찬한 법전.
2) 한 부락이나 한 단체의 우두머리가 되는 사람.

열닷 섬은 당년 양식하게 하고, 나머지 팔십여 섬은 해마다 풀어 놓고 장리(長利)³⁾로 추심(推尋)⁴⁾하면 식량이 풍족하니 그렇게 하시고 무명 삼베 각 한 바리는 사철 의복 짓게 하소서."

동네에서 의논하여 그리하고 그 연유를 통문(通文)⁵⁾ 내어 균일하게 구별하였다. 이 때 무릉촌의 장승상 부인은 심청이가 몸을 팔아 인당수로 간다는 말을 그제서야 듣고 시비를 시켜 심청을 불렀다.

"이 무정한 인간아. 내가 너를 안 후로는 자식으로 여겼는데 너는 나를 잊었느냐? 말을 들으니 선인들에게 몸을 팔아 죽으로 간다 하니 너의 효심은 지극하나 네가 죽어 될 일이냐? 그토록 일이 되었거든 나에게 건너와서 그 연유를 말하였던들 이 지경을 당하지는 않았을 것을! 어찌 그리 철없이 굴었느냐?"

하며 손을 잡아 이끌고 방안으로 들어가서 심청이를 앉힌 다음에 타이른다.

"쌀 삼백 석 내줄 터이니 선인 불러 도로 주고 망녕된 생각일랑 다시는 품지 마라."

심청이는 이 말 듣고 한동안 생각하더니 천연스레 여쭙는다.

주

3) 곡식을 꾸어 주는 데 붙는, 일 년에 본 곡식의 절반이 되는 이자.
4) 은행이 소지인의 의뢰를 받아 수표 또는 어음을 지급인에게 제시하여 지급하게 하는 일.
5) 여러 사람의 성명을 적어 돌려 보는 통지문.

"당초에 아뢰지 못한 일을 이제 와서 후회한들 어찌하며 또 이 한 몸 어버이를 위해 정성을 다하자면 어찌 명색 없는 남의 재물을 바라리까? 이제 와서 백미 삼백 석을 돌려준다면 선인들도 뜻하지 않은 낭패가 될 것이니 그도 또한 어렵고, 한편 사람이 남에게다 한 몸을 허락하여 값을 받고 팔았다가 수 삭이 지난 다음 차마 어찌 낯을 들고 보리까? 늙은 아비 두고 죽는 것이 도리어 불효됨을 모르는 바 아니로되 그것이 천 명이니 할 수 없습니다. 부인의 높은 은혜와 어질고 자별하신 말씀 황천에 돌아가 결초보은 하겠습니다."

승상 부인은 이 말을 듣고 애석한 마음에 차마 놓지 못하고 통곡한다.

"네가 잠깐 지체하면 화공을 불러들여 네 얼굴 네 태도를 그대로 그려 두고 내 생전에 두고두고 볼 것이니 잠시 머물러 있어라."

화공이 그림을 그리니 심소저가 둘이었다. 심청이 울며 여쭙는다.

"정녕 부인께서는 전생에 내 부모였으니 오늘날 물러가면 언제 다시 모실 수 있으리까? 소녀 글 한 수 지어 내어 부인 앞에 바치리니 걸어 두면 효험이 있으오리다."

부인이 매우 반겨 붓과 벼루를 내놓는다.

살고 죽는 것은 한동안의 꿈인데
어찌 정이 그리워 눈물로 적시는가.

세상에서 가장 마음을 아프게 하는 것은
봄에 강남으로 간 사람 돌아오지 않음이라.

生居死歸一夢間　眷情何必淚潛暫
世間最有斷腸處　草緣江南人未還

부인이 또한 두루마리 한 축을 끌러 내어 글 한 수를 단숨에 내
리 쓴다.

까닭 모를 비바람에 양대의 넋은
아름다운 꽃을 날리어 바다에 떨어뜨리더라.
이승으로 귀양살이 온 것을 하늘도 보시겠거늘
죄 없는 부녀가 사랑 어린 은혜를 끊는 것을.

無斷風雨陽臺魂 吹送名花落海門
謫苦人間天必覽 無辜父女斷情恩.

심청이는 두 손으로 그 글을 받고 눈물로 이별하니, 무릉촌의
남녀노소 뉘 아니 통곡하랴. 심청이가 돌아오니 심봉사 달려들어
딸아이의 목을 껴안고 뛰며 통곡한다.
　"나도 가자, 나하고 가! 혼자 가지는 못한다. 이제는 죽어도 같

이 죽고 살아도 같이 살자! 나 버리고 못 간다. 고기밥이 되려거든 너와 나와 같이 되자!"

"우리 부녀 간에 천륜을 끊고 싶어 끊고, 죽고 싶어 죽습니까? 불효 여식 청이는 생각지 마시고 아버지 눈을 떠서 광명 천지 다시 보고 착한 사람 배필로 삼아 아들 낳고 후사를 전케 하소서."

심봉사 펄쩍 뛴다.

"애고 애고, 그 말 하지 마라. 처자 있을 팔자라면 이런 일을 당하겠느냐? 나 버리고는 못 간다."

심청이는 사람을 시켜 부친을 붙들어 앉혀 놓고 울며 당부한다.

"동네 어른님들, 혈혈단신 우리 부친을 내맡기고 죽으로 가는 이 몸은 오직 여러분들만 믿사오니 굽어 살피소서."

이렇듯이 하직할 제 하느님이 아셨는지 밝은 해는 어디 가고 검은 구름 자욱하다. 이따금 빗방울이 눈물같이 떨어지고 휘늘어져 곱던 꽃은 이울고자 빛이 없고 청산에 초목 근심을 띠어 있고 녹수(綠樹)[1]에 드리운 버들 수심을 돕는 듯, 우짖는 저 꾀꼬리 너 무슨 회포던가? 너의 깊은 한을 내가 알지 못하여도 통곡하는 내 심사는 네가 혹시 짐작할까?

한 걸음에 눈물지고 두 걸음에 돌아보며 드디어 떠나가니 명도(冥途)[2]의 풍파가 이제부터 험난하다. 강가에 다다르니 뱃사람이

1) 푸른 잎이 우거진 나무.

몰려들어 뱃머리에 좌판 놓고 심소저를 모셔 올려 빗장 안에 앉힌 다음 닻 감고 북을 둥둥 울리면서 지향 없이 떠나간다. 배타고 한가운데 떠서 흘러가니 망망한 창해(滄海)중에 가없는 물결이다.

한곳에 당도하여 닻을 주고 돛을 내리니 이 곳이 인당수다. 고기와 용이 싸우는 듯 큰 바다 한가운데 돛도 잃고 닻도 끊기며, 노도 잃고 키도 빠지며, 바람 불고 물결치고 안개마저 자욱한 날에 아직도 갈 길은 천만 리가 넘으며 사면이 검게 어둑 저물어 천지와 지척이 똑같이 막막한데 산 같은 파도가 뱃전을 땅땅치니 당장에 위태로운지라, 도사공 이하가 크게 겁을 먹고 어쩔 바를 몰라하며 혼비백산하여 고사 절차를 차린다.

섬쌀로 밥을 짓고 큰 돼지를 잡아 큰 칼 꽂아서 정하게 받쳐 놓고 삼색사(紗)와 오색 당속(糖屬)3)에 큰 소 잡고 동이술을 곁들이어 방향을 가리어 갖다 놓고서 심청이를 목욕시켜 의복을 정히 입히고 뱃머리에 앉힌 다음 도사공이 고사를 올리는데, 북채를 갈라 쥐고 북을 둥둥 둥둥 두리 둥둥 울린다.

"헌원씨가 배를 만들어 가지 못하던 길을 통하게 한 후로 뒷사람들이 본받아 저마다 이로써 업을 삼으니 막대한 공이 아닙니까? 하우씨(夏禹氏)4)는 구년 치수(治水)에 배를 타고 다스려 오

2) 사람이 죽은 뒤에 그 영혼이 간다고 하는 암흑의 세계.
3) 설탕에 졸여서 만든 음식.
4) 중국 하(夏)나라의 우(禹)임금을 말함.

복(五服)[1]을 구제하고 다시 구주(九州)[2]로 돌아들 때 배를 타고 기다렸으며, 제갈공명의 높은 조화도 동남풍을 불러 일으켜 조조의 백만 수군을 주유를 시켜 불을 질러 적벽 대전할 적에 배 아니면 어찌하였으리오? 우리 동무 스물네 명 장수로 업을 삼아 십오 세에 배를 타서 여러 해를 거듭하여 서남방을 떠돌다가 오늘날 인당수에 제물을 바치오니 동해신 아명이며, 남해신 축축융이며, 서해신 거승이며, 북해신 우강이며 모두 강물의 신과 모두 냇물의 신이 이 제물을 드시고 여러 신령께서 한결같이 굽어살피시어 비렴(飛廉)[3]으로 하여금 바람 주시고 해약(海躍)[4]으로 하여금 인도케 하여 황금 더미로 우리의 소망을 이루어 주소서. 고수레[5]! 둥둥."

빌기를 마치고 심청이더러 물에 들라 하며 뱃사공들이 재촉하니, 심청이는 뱃머리에 우뚝 서서 두 손을 합장하고 하느님께 빈다.

"비나이다 비나이다. 심청이 죽는 것은 추호도 서럽지 않으나 앞 못 보는 우리 부친 천지에 깊은 한을 생전에 풀려고 죽음을 당하오니 황천이 굽어 살피시어 우리 부친 어두운 눈을 불원간(不

1) 중국의 수도를 중심으로 다섯 지방.
2) 옛날에 중국 땅은 아홉 주(州)로 나눈 명칭.
3) 바람 신. 바람을 일으킨다는 상상의 새.
4) 바다 신.
5) 무당이 굿을 하거나 들에서 음식을 먹을 때, 귀신에게 먼저 바친다는 뜻으로 음식을 조금씩 떼어 던지는 일.

遠間)[6] 밝게 하시어 광명천지(光明天地)를 보게 하소서."

다시 뒤로 펄썩 주저앉더니 도화동을 향하면서,

"아버지 나 죽소! 어서 눈을 뜨소서!"

손을 짚고 일어서서 사공들에게,

"여러 선인 상가님네들, 평안히 가시고 억만금의 이익을 얻어 이 물가를 지날 때면 나의 혼백 넋을 불러 떠돌이 귀신을 면케 하여 주오."

이르고 빛나는 눈을 감고 치마폭을 뒤집어쓰고 이리저리 저리 이리 뱃머리로 와락 나가 푸른 물에 풍덩 빠지니, 물은 인당수요, 사람은 심봉사의 딸 심청이라. 인당수 깊은 물에 힘없이 떨어진 꽃 헛되이 고기 뱃속에 장사 지냈단 말인가?

그 배의 영좌는 한숨지며 통곡하고 삿대잡이는 엎드려 운다.

"하늘이 낸 큰 효 심소저는 아깝고 불쌍하다. 부모 형제가 죽었다한들 이에서 더할소냐?"

이 무렵 한편 무릉촌의 장승상 부인은 심소저를 이별하고 애석한 마음을 이기지 못하여 심소저의 화상족자(畵像簇子)[7]를 벽 위에 걸어 두고 날마다 살펴보는데, 하루는 족자 빛이 검어지며 화상에서 물이 흐르므로 부인이 놀란다.

주

6) 앞으로 오래지 않는 동안.
7) 사람의 얼굴을 그림으로 그려 벽에 걸게 만든 두루마리.

"이제는 죽었구나!"

슬픔을 못 이기어 애간장이 끊어지는 듯, 가슴이 터지는 듯 기막혀 슬퍼 우는데 이윽고 족자 빛이 완연히 새로워지니 마음에 괴이쩍게 여기었다.

"누가 건져 내어 목숨을 부지하였는가? 푸른 바다 만리 밖 소식 어찌 알리?"

그날 밤 초에 제물을 갖추어 시비에게 들리고 강가에 나가 백사장 정한 곳에 주과포혜를 벌여 놓고 승상 부인은 몸소 축문을 크게 읽어 심소저의 넋을 위로하며 제사를 지냈다. 강촌에 밤이 깊어 사면이 고요한데,

"심소저야 심소저야! 아깝도다 심소저야! 앞 못 보는 부친 눈을 뜨게 하려 평생 한이 되는지라. 네 효성이 죽기로써 갚으려고 실낱같은 목숨을 스스로 내던져 고기 뱃속 넋이 되니 가련하고 불쌍코나! 하느님은 어찌하여 너를 내고 죽게 하며, 귀신은 어찌하여 죽는 너를 못 살리나? 네가 나지 말았거나 내가 너를 몰랐거나 할 것이지 생리사별(生離死別)¹⁾이 웬 말인고? 그믐이 되기 전에 달이 먼저 기울었고, 늦은 봄이 되기 전에 꽃이 먼저 떨어지니 오동에 걸린 달은 뚜렷한 네 얼굴이 다시 온 듯, 이슬에 적은 꽃은 천연한 네 몸가짐 눈앞에 내리는 듯, 대들보에 앉은 제비 아름다

---

1) 살아서는 멀리 떨어져 있고 죽어서는 아주 이별함.

운 네 소리로 무슨 말을 하소연할 듯, 두 귀밑의 머리털은 이로 하여 희여지고 인간계에 남은 세월 너로 인해 재촉되니 무궁한 나의 수심을 너는 죽어 모르거니와 나는 살아 고생이렷다. 한 잔 술로 위로하니 꽃다운 넋이여, 오호라 슬프구나! 상향(尙饗)[2]."

부인이 눈을 씻고 제물을 조금씩 뜯어 물에 띄울 때 술잔이 뒹구니 심소저의 혼이 온 듯하여 부인은 그지없이 서러워하며 집으로 돌아갔다. 대저 이 세상같이 억울하고 고르지 못한 것은 없으리라. 가난하고 약한 사람은 그 부모가 낳은 몸과 하늘이 주신 귀중한 목숨도 보전치 못하고 심청이 같은 하늘이 낸 큰 효녀가 필경에는 인당수 물에 잠기게 되었다.

그러나 그가 잠긴 곳은 물 속이 아니라 이 인간계를 영 이별하고 간 하늘의 상계(上界)[3]이니, 하느님의 능력이 한없이 큰 세상이다. 욕심에 눈이 어두운 인간계의 사람들과 말 못 하는 부처는 심청이를 돕지 못하였으나 인당수의 물귀신이야 심청이를 알아보지 못하리오?

그때 옥황상제께서는 사해 용왕에게 분부를 내리시었다.

"명일(明日)[4] 오시(午時)[5]에 인당수 바닷속으로 하늘이 낸 큰

심청전

주

2) 제례 축문의 끝에 쓰는 말.
3) 천상계의 준말. 하늘 위의 세계.
4) 내일.
5) 십이시의 일곱째 시로, 오전 11시부터 오후 1시까지.

효녀 심청이가 떨어질 터이니, 그대들은 등대(等待)[1]하였다가 수정궁에 영접하고, 다시 영을 기다려 도로 그를 인간계로 보내되 만일에 시각을 어기는 날에는 사해의 수궁 제신들이 죄를 면치 못하리라."

이렇듯 분부가 지엄한지라 사해의 용왕들이 황겁(惶怯)[2]하여 원참군 별주부와 백만의 철갑제강[3]이며 무수한 시녀들로 하여금 백옥 교자(轎子)[4]를 채비하고 그 시각을 기다릴 때 오시가 되자 백옥 같은 한 소저가 바다 위로 떨어지매 여러 선녀들이 이를 옹위(擁衛)[5]하여 심소저를 고이 모셔 교자에 앉히니, 심소저는 정신을 가다듬고 사양한다.

"나는 속세의 천한 몸이니 어찌 황공하여 용궁의 교자를 탈 수 있겠습니까?"

여러 시녀가 여쭙는다.

"옥황상제께서 분부를 내리셨습니다. 만약에 지체하시면 사해 수궁에 탈이 나니 지체 마시고 타십시오."

심청이는 사양하다 못하여 교자에 올라앉으니, 여러 선녀들이 옹위하여 수정궁으로 들어갈 때 위의(威儀)[6]가 굉장하다. 옥황

1) 미리 준비하고 기다림.
2) 겁이 나고 무서움.
3) 게나 조개 따위.
4) 종1품 이상의 벼슬아치의 당상관이 타는 가마.
5) 부축하여 호위하는 것.

상제의 명이거늘 어찌 거행함이 범연하랴. 사해의 용왕들이 각기 선녀를 보내어 조석으로 문안하고 번갈아 가며 시위할 제 삼일에 소연(小宴)이요, 오일에 대연(大宴)으로 극진히 위로한다.

심소저가 이렇듯이 수정궁에 머무를 제 하루는 하늘에서 옥진 부인이 오신다 하나, 심소저는 누구인지 모르고 일어서 바라보니 오색 구름이 푸른 하늘에 서리며 요란한 풍악이 궁중에 낭자하더니, 머리 바른쪽에는 단계화(段溪花)요 왼쪽에는 벽도화(碧桃花)로, 청학과 백학이 옹위하고 공작새는 춤을 추고 천상 선녀가 앞을 서고 용궁 선녀가 뒤를 서서 엄숙하게 내려오니 보던 중 처음이다. 이윽고 다다르자 교자에서 옥진 부인이 내려 안으로 들어온다.

"청아, 너의 어미 내가 왔다."

"애고 어머니!"

심소저는 우르르 달려들어 모친 목을 덥썩 잡고 웃다 울다 하면서 말한다.

"변변치 못한 소녀 몸이 부친 덕에 아니 죽고, 십오 세를 다하도록 모녀 간에 어머니가 중하거늘 이날 이때껏 얼굴을 모르기로 평생에 한이 되어 잊을 날이 없더니, 오늘에야 모녀가 상봉하여 나는 한이 없거니와 외로우신 아버지는 누구 보고 반기실까?"

6) 위엄이 있는 태도나 몸가짐.

새롭고 반가운 정과 감격하고 급급한 마음 어찌할 줄 모르다가, 모시고 누각에 올라가 어머니 품에 싸여 앉아, 얼굴도 대어보고 수족도 만지면서 '젖도 이제 먹어 보자, 반갑고도 즐거워라.' 이같이 즐겨하며 우니 부인도 슬퍼하고 등을 뚝뚝 두드리며,

"울지 마라 내 딸아. 내가 너를 난 연후에 상제의 분부가 급하여 세상을 잊었으나, 눈 어두운 너의 부친 고생하고 살으심을 생각할수록 기가 막히던 중, 버섯밭에 이슬같은 십생구사 네 목숨을 더욱 어찌 믿었겠느냐? 황천이 도와 주시어 네가 이제 살았구나. 안아 볼까, 업어 볼까. 귀하여라. 내 딸이야. 손길 발길 고운 것이 어쩌면 그렇게도 나 같으냐. 어려서 크던 일을 네가 어찌 알겠느냐만, 이집 저집 여러 사람 동냥 젖을 먹고 크니 그 동안 너의 부친 고생 알리로다. 너의 부친이 고생하여 응당 많이 늙으셨지? 뒷동네 귀덕 어미네가 매우 극진하니 지금까지 살았느냐?"

심청이 여쭈오되,

"아버지에게 들었지만 고생하고 지낸 일을 어찌 감히 잊겠나이까?"

부친이 고생하던 말과 일곱 살에 제가 나서서 밥 빌어 봉친한 일, 바느질로 살던 말과, 승상 부인이 저를 불러 의모녀를 맺은 후에 은혜 태산같은 일과, 선인을 따라오려 할 제, 화상족자하던 말과, 귀덕 어미의 은혜 말을 낱낱이 고하니 그 말 듣고 승상 부인 치하하며 그렁저렁 여러 날을 수정궁에 머물렀다. 하루는 옥

진 부인이 심청더러,

"반가운 마음이야 한량없건마는 옥황 상제의 처분으로 맡은 직분이 허다하므로 오래 지체를 못 하겠구나. 오늘은 너와 이별하고 네가 장차 부친을 만나 게 될 줄 네 어찌 알랴만, 후일에 서로 반길 때가 있으리라."

옥진 부인 일어서서 손을 잡고 작별하더니, 공중을 향하여 홀연 삽시간에 사라지니 심청이는 할 수 없이 눈물로 하직하고 계속 수정궁에 머물러 있었다.

이럴 즈음 옥황 상제께서는 심낭자의 출천대효(出天大孝)[1]를 가상히 여기시고, 수정궁에 오래 둘 도리가 없는지라 사해 용왕에게 다시 전교(傳敎)[2]를 내리셨다.

"대효 심낭자를 옥정 연화 꽃봉오리 속에 아무쪼록 고이 모셔 오던 길인 인당수로 도로 내보내라."

꽃봉오리 속의 심낭자는 가는 바를 모르는데 수정문 밖 떠날 적에 하늘에서 사나운 비바람 없이 맑게 개었으며 바다 또한 잔잔하여 파도가 일지 않는다. 때는 봄이라 해당화는 바닷물에 피어 있고, 동풍에 푸른 버들은 바닷가에 가지를 드리웠는데 고기 낚는 저 어부는 시름없이 앉았구나.

1) 하늘이 낸 큰 효자라는 뜻으로, 지극한 효성을 이르는 말.
2) 임금이 명령을 내림.

한 곳에 다다르니 날씨가 명랑하고 사면이 광활하다. 심청이가 정신을 가다듬고 둘러보니 용궁 가던 인당수라, 슬프다. 이 역시 꿈이 아닐까? 바로 그 무렵, 남경으로 장사하러 갔던 선인들이 심 낭자를 제수로 바친 덕에 그 행보에 이(利)를 남겨 돛대 끝에 큰 기 꽃고 웃음으로 지껄이며 춤추고 돌아오다 인당수에 다다르니, 큰 소 잡고 동이 술에 각종 과실 차려 놓고 북을 치며 제를 지내 던 참이다. 해상을 바라보니 난데없는 꽃 한 송이 물 위로 덩실덩 실 떠내려 오기에 선원들이 내다르며 말한다.

"이 애야, 저 꽃이 웬 꽃이냐? 천상의 월계화(月桂花)냐, 요지 의 벽도화냐? 천상꽃도 아니요, 세상꽃도 아닌데 해상에 홀로 있 을진대 아마도 심낭자의 넋인가 보다."

이같이 공론이 분분할 때 백운이 자욱한 가운데 산뜻하게 푸른 옷을 떨쳐 입은 선관(仙官) 하나가 공중에 학을 타고 외쳐 이른다.

"해상에 떠 있는 선인들아, 꽃 보고 떠들지 마라. 그 꽃은 천상 의 귀한 꽃이니 타인은 일체 접근치 말 것이며 각별 조심하여 고 이 모셔다가 천자께 진상토록 하라. 만일 그리 아니 하면 생벼락 을 내리도록 하련다."

뱃사람들 그 말 듣고 황겁하여 벌벌 떨면서 그 꽃을 고이 건져 빈칸에 모신 후에 청포장(靑袍帳)을 둘러치고 내외 제례(諸禮)[1]

───────────────────────

1) 모든 예절.

가 분명하였다. 닻을 감고 돛을 다니 순풍이 절로 일어 서울 남경을 순식간에 당도하여 해안에 배를 대었다.

때는 바로 경진년 삼월이라. 당시 송나라 천자께옵서는 황후의 상을 당하였으니, 억조창생(億兆蒼生)[2] 만민들은 이를 것도 없거니와 조공(朝貢)[3]하는 열두 나라 사신들은 황황급급 분주한데, 천자는 마음이 어지러워 슬픔을 가라앉히려고 각색 화초를 고루고루 구하여서 상림원(上林院)에 채우고 황극전(皇極殿) 앞뜰에 골고루 심었으니, 기화요초(琪花瑤草)[4]가 아니랴!

이렇듯 여러 가지 화초가 만발한데 꽃 사이로 쌍쌍이 범나비는 꽃을 보고 반기며 너울너울 춤을 출 때 천자는 슬픔을 잠시 잊고 꽃을 보고 즐거워하시었다.

마침 이 때 남경 장사 선인들이 희귀한 꽃 한 송이를 진상(進上)[5]하니, 천자는 이를 보고 매우 기꺼워하시며 옥쟁반에 받쳐 놓고 진종일 그 꽃을 사랑하시니 구름 같은 황극전에 날이 가고 밤이 들어도 들리는 것은 시각을 알리는 경점 소리뿐이었다.

천자가 잠자리에 드시니 비몽사몽 간에 봉래산 선관이 학을 타고 분명히 내려와서 천자 앞에 돌연히 이른다.

2) 수많은 백성.
3) 종주국에게 속국이 때맞추어 예물로 물건을 바치던 일.
4) 아름다운 꽃과 풀.
5) 지방에서 나는 물건을 임금이나 고관에게 바침.

"황후가 돌아가셨음을 상제께서 아시고 인연을 보내셨으니 폐하께서는 어서 바삐 살피소서."

천자가 잠을 깨시고 자리에서 일어나 천천히 거닐다가 궁녀를 급히 불러 옥쟁반의 꽃을 살피시니, 보던 꽃이 없고 한 낭자가 앉아 있으매 천자는 매우 기꺼워한다.

이튿날 아침에 삼태육경(三台六卿)[1]을 비롯하여 만조 백관 문무 제신을 불러 놓고 천자께서 이르신다.

"짐이 간밤에 꿈을 꾼 후 퍽 이상하여 어제 선인들이 진상한 꽃을 보니 그 꽃은 간 곳이 없고 다만 한 낭자가 앉았는데 황후의 기상인지라 짐은 이를 하늘이 정한 연분으로 여기거니와 경들의 뜻은 어떠한가?"

문무 제신이 일제히 아뢴다.

"황후께서 승하하셨음을 상천이 아시고 인연을 보내셨으니 국운이 무궁하여 하늘이 보호하심입니다. 국가의 경사 이에 더함이 없는 줄로 아뢰오."

이리하여 대례(大禮)[2]를 마친 다음 심낭자를 금덩[3]에 고이 모셔 황후전에 들게 하니 위의와 예절이 거룩하고 화사하였다.

이로부터 심황후의 어진 덕이 천하에 고루 퍼지니, 조정의 문무

주

1) 삼정승과 육조 판서.
2) 혼인을 치르는 큰 예식.
3) 귀부인이 타던 가마.

백관과 만백성이 엎드려 축원한다.

"우리 황후 어진 성덕 만수무강하소서."

이즈음 심봉사는 땅를 잃고 실성하여 날마다 탄식할 제 봄이 가고 여름 되니 녹음방초(綠陰芳草)[4]도 원망스럽고 자연을 노래하는 새도 심봉사를 비웃는 듯하여 눈물지며 허송 세월하였다.

인간에 있어 가장 절실한 정은 천륜이라, 심황후는 귀한 몸이 되었으나 앞 못 보는 부친 생각이 무시(無時)로[5] 솟아올라 홀로 앉아 근심과 탄식하는 날이 많았다.

이럴 즈음 천자께서 내전에 들어와 황후를 보시니, 눈에 눈물이 서려 있고 얼굴에 수심이 가득하기에 천자께서 물으신다.

"황후는 미간에 수심이 가득하니 어인 일이오?"

황후가 꿇어 앉으며 나직이 여쭙는다.

"신첩은 본래 용궁사람이 아니라 황주 도화동에 사는 심학규의 딸인데, 첩의 부친이 앞을 보지 못하는지라 철천지 한이더니, 부처님께 공양미 삼백 석을 시주하면 감은 눈을 뜬다 하기로 남경 장사 선인들에게 이 몸을 팔아 인당수에 빠졌습니다. 하늘이 굽어살피시어 몸은 귀하게 되었으나 천지인간 병신 중에는 소경이 제일 불쌍하니 맹인 불러 음식을 내려 주시면 첩의 천륜을 찾을

4) 우거진 나무 그늘과 아름다운 풀.
5) 정한 때가 없이 수시로.

까 합니다."

황제가 즉시 신하를 불러 연유(宴遊)[1]를 하교(下敎)하시며 금월 말일 황성에서 맹인 잔치를 배푼다는 칙지(勅旨)[2]를 선포하여 모든 맹인들을 상경토록 하였다.

그러나 심봉사는 어디 갔기로 이 경사를 모르는가?

이 때 심학규는 몽운사 부처가 영험이 없었는지 딸 잃고, 쌀 잃고, 눈도 뜨지 못해 지금껏 봉사 그대로 있는지라. 그 중에서 눈만 못 떴을 뿐 아니라 생애의 고생이 세월을 따라 더욱 깊어 간다.

도화동 사람들은 당초의 남경 장사 부탁도 있고 곽씨 부인을 생각하든지 심청의 간곡한 부탁을 생각하여도 심봉사를 위하여 마음 극진히 써서 돕는 터라. 그때 선인이 맡긴 전곡을 착실히 이삭을 늘여 가며 심봉사의 의식을 넉넉케 하고 행세도 차차 늘어가더니, 이 때 마침 본촌에 뺑덕 어미라 하는 계집이 있어 행실이 간악(奸惡)[3]한데, 심봉사의 가세 넉넉한 줄 알고 자원하여 첩이 되어 심봉사와 사는데 이 계집의 버릇은 아주 인중지말(人中之末)[4]이라. 그렇듯 어두운 중에도 심봉사를 더욱 고생되게 가세를 결단내는데, 쌀을 주고 엿 사 먹기, 벼를 주고 고기 사기, 잡곡으

1) 잔치를 베풀어 즐겁게 놂.
2) 임금의 명령.
3) 간사하고 악독함.
4) 사람 가운데서 인품과 행실이 제일 못난 사람.

로 돈을 사서 술집에서 술 먹기와 이웃집에 밥 부치기, 빈 담뱃대 손에 들고 보는 대로 담배 청하기, 이웃집에 욕 잘하고 동무들과 싸움 잘하고 정자 밑에 낮잠 자기, 술 취하면 한밤중 긴 목 놓고 울음 울고, 동리 남자 유인하기, 일년 삼백 육십 일을 입 잠시 안 놀리고는 못 견디어 집안의 살림살이를 홍시감 빨듯 홀짝 없이 하되, 심봉사는 오랫동안 혼자 지내던 터라 기중 실가지락(室家之樂)[5]이 있어 삯 받고 관가 일을 하듯 하되, 뺑덕 어미는 마음먹기를 형세를 털어먹다 이삼 일 양식할 만큼 남겨 놓고 도망할 작정으로, 유월 까마귀 곤 수박 파먹듯 불쌍한 심봉사의 재물을 주야(晝夜)로 퍽퍽 파던 터라.

하루는 심봉사 뺑덕 어미를 불러,

"여보소, 우리 형세가 매우 착실하더니 지금 남은 살림 얼마 아니 된다 하니, 내 도로 빌어먹기 쉬운즉 차라리 타관(他官)[6]에 가 빌어먹세. 본촌에는 부끄럽고 남의 책망 어려우니 이사하면 어떠한가?"

"매사를 가장 하라는 대로 하지요."

"당연한 말이로세. 동리 사람에게 빚이나 없나?"

"내가 줄 것 조금 있소."

5) 부부 사이의 금슬.
6) 제 고장이 아닌 다른 고장.

"얼마나 되나?"

"뒷 동리 높은 주막에 가 해장술 한 값이 마흔 냥."

심봉사 어이없어,

"잘 먹었다. 또 어데?"

"저 건너 불뚱이 함씨에게 엿값이 서른 냥."

"잘 먹었다. 또?"

"안촌 가서 담배값이 쉰 냥."

"이것 참 잘 먹었네."

"기름 장사한테 스무 냥."

"기름은 무엇하였나?"

"머리 기름 하였지."

심봉사 기가 막히고 하도 어이가 없어,

"모두 합쳐 값이 얼마?"

"실상 얼마 안 되오. 고까짓 것 무에 많소,"

"고까짓 것 무엇이 많소?"

한참 이렇듯 문답하더니 심봉사는 그 재물을 생각할 적이면 그 딸의 생각이 더욱 뼈가 울리며 간절한지라. 여광여취(如狂如醉)[1] 한 듯 홀로 뛰어나와 심청 가던 길을 찾아 강변에 홀로 앉아 딸을 불러 우는 말이,

1) 미친 듯, 취한 듯하다는 뜻으로, 이성을 잃은 상태를 비유.

"내 딸 심청아, 너는 어이 못 오느냐. 인당수 깊은 물에 네가 죽어 황천 가서 너의 모친 뵈옵거든 모녀 간의 혼이라도 나를 어서 잡아가거라."

이렇듯이 눈물을 흘리고 있을 제, 관아의 아전이 심봉사 강변에서 운단 말을 듣고 쫓아와서,

"여보 봉사, 관가님께서 부르시니 어서 바삐 가십시다."

심봉사 이 말 듣고 깜짝 놀라,

"나는 아무 죄가 없소."

"황성 맹인 잔치한다니 어서 급히 올라가라."

심봉사 대답하되,

"옷 없고 노자 없이 황성 천리 못 가겠소."

관가에서도 심봉사 일을 다 아는지라 노자를 내어 주고 옷 일습(一襲)[2]을 내어 주며 어서 바삐 올라가라 하니, 심봉사 하릴없어 집으로 돌아와 마누라를 부른다.

"뺑덕이네."

뺑덕 어미는 심봉사가 홧김에 물에 빠진 줄 알고 남은 살림 내 차지라고 속으로 은근히 좋아하더니 심봉사가 들어오니까 급히 대답하되,

"네, 네."

2) 옷 · 그릇 · 기구 따위의 한 벌.

"여보 마누라, 오늘 관가에 갔더니 황성서 맹인 잔치를 한다고 날더러 가라 하니 내 갔다 올 터이니 집안을 잘 살피고 나 오기를 기다리시오."

"여필종부(女必從夫)[1]라니 지아비 가는데 나 아니 갈까? 나도 같이 가겠소."

"자네 말이 하도 고마우니 같이 가볼까? 건넛마을 김장자에게 돈 삼백 냥 맡겼으니 그 돈 중에 오십 냥 찾아 가지고 가세."

"애그 봉사님 딴소리하네. 그 돈 삼백 냥 벌써 찾아 이 달의 살 구값으로 다 없앴소."

심봉사 기가 막혀,

"삼백 냥 찾아온 지 며칠 아니 되어 살구값으로 다 없앴단 말이야?"

"고까짓 돈 삼백 냥을 썼다고 그같이 노여워 하나?"

"네 말하는 꼴 들어본즉 귀덕이네 집에 맡긴 돈도 썼겠구나."

뺑덕 어미 또 대답하되,

"그 돈 백 냥 찾아서는 떡값, 팥죽값으로 벌써 다 썼소."

심봉사 더욱 기가 막혀,

"애고 이 몹쓸 년아, 하늘이 보낸 내 딸 심청이 인당수에 망종갈

1) 아내는 반드시 남편을 따라야 한다는 말.
2) 어떤 것에 몸이나 마음을 의지하여 맡김.

때 사후에 신세라도 의탁(依託)[2)]하라 주고 간 돈, 네 년이 무엇이
라고 그 중한 돈을 떡값, 살구값, 팥죽값으로 다 녹였단 말이냐?"

"그러면 어찌하여요? 먹고 싶은 것 안 먹을 수 있소? 어쩐 일
인지 지난달에 몸 구실을 거르더니, 신 것만 구미에 당기고 밥은
아주 먹기가 싫어요."

그래도 어리석은 사내라 심봉사 이 말을 듣고 깜짝 놀라,

"여보게, 그러면 태기가 있나 보오. 그러하나 신 것을 많이 먹고
그 애를 나면 그놈의 자식이 시큰둥하여 쓰겠나? 남녀 간에 하나만
낳소. 그도 그러려니와 서울 구경도 하고 황성 잔치 같이 가세."

이렇듯 말하여 행장을 차릴 적에, 심봉사 거동 보소. 제주 양
태, 굵은 베로 중추막에 목전대 둘러 띠고, 노수낭[3)]을 보에 싸서
어깨 너머 둘러메고, 소상반죽 지팡이를 왼손에 든 연후에, 뺑덕
어미 앞세우고 심봉사 뒤를 따라 황성으로 올라간다.

한 곳에 다다라서 한 주막에서 자노라니, 그 근처에 황봉사라 하
는 소경이 뺑덕 어미가 잡것인 줄 인근 읍에 자자하여 한 번 보기
를 원하였는데, 뺑덕 어미네가 으레히 그곳에 올 줄 알고 그 주인
과 의논하고 뺑덕 어미를 유인할 제, 뺑덕 어미 속으로 생각하되,

'심봉사 따라 황성 잔치 간다 해도 눈뜬 계집이야 참례(參禮)[4)]

3) 노잣돈. 먼 길을 오가는 데 드는 돈.
4) 예식·제사 등에 참여함.

도 못 할 터이요, 집으로 가자니 외상값에 졸릴 테니 집에 가 살
수 없으니, 황봉사를 따라 가면 일신도 편코 한 철 살구는 잘 먹
을 터이니 황봉사를 따라 가리라.'

하고 심봉사의 노자 행장까지 도적해 가지고 밤중에 도망을 하였
더라.

　불쌍한 심봉사는 아무 것도 모르고 식전에 일어나서,

　"여보소 뺑덕 어미, 어서 가세. 무슨 잠을 그리 자나."

하며 말을 한들 수십 리나 달아난 계집이 대답이 있을 수 있나.

　"여보소 마누라."

　아무리 하여도 대답이 없으니 심봉사 마음에 괴이하여 머리맡
을 더듬은즉 행장 노자 싼 보가 없는지라 그제야 도망한 줄 알고,

　"애고, 이 계집 도망하였나?"

　심봉사 탄식한다.

　"여보게 마누라, 나를 두고 어데 갔나? 나도 가세 마누라, 나를
두고 어데 갔나? 황성 천리 먼먼 길을 누구와 함께 동행하며 누구
를 믿고 가잔 말인가. 나를 두고 어데 갔나? 애고 애고, 내 일이야."

　이렇듯 탄식하다가 다시 생각하고,

　"아서라, 그년 생각하니 내가 잡놈이다. 현철하신 곽씨 부인 죽
은 양도 보았으며, 출신대효 내 딸 심청 생이별도 하였거든, 그
망할 년을 다시 생각하면 내가 또 잡놈이다. 다시는 그년을 생각
하면 말도 아니 하리라."

하더니 그래도 또 못 잊어,

"애고, 뺑덕 어미."

부르며 그곳에서 떠났더라.

외로운 나그네로 그렁그렁 가노라니 때는 마침 오뉴월 더운 때라 무더위는 불 같은데 비지땀 흘리면서 한 곳에 당도하니 희맑은 시냇가에 멱감는 아이들이 저희끼리 재담하며 물소리를 내는지라 심봉사,

"애라, 나도 목욕이나 하여야겠다."

하고 고의 적삼 활활 벗고 시냇물에 들어앉아 목욕을 한참 하고 물가로 나오면서 옷을 찾아 더듬으니 심봉사보다 더 궁한 도둑놈이 집어 들고 달아났다. 심봉사 하도 기가 막혀,

"애고 이 도둑놈아, 내 것을 가져갔단 말이냐? 천하에 나같은 병신이 누구란 말이냐? 일월이 밝으나 동과 서를 내 모르니 살아 있는 내 팔자, 어서 죽어 황천에 가 내 딸 심청이의 고운 얼굴 만나 보리라."

벌거벗은 심봉사가 불같이 따가운 볕에 땀을 뻘뻘 흘리면서 홀로 앉아 탄식한들 그 뉘가 옷을 주랴?

그럴 즈음 무릉 태수가 황성 갔다 오는 길에 벽제(辟除)[1] 소리

---

1) 지위가 높은 사람의 행차에 하인이 여러 사람의 통행을 금하여 길을 치우던 일.

요란하다. 벌거벗은 심봉사가 불두덩만 감싸쥐고 소리친다.

"아뢰어라! 아뢰어라! 급창(及唱)[1]아 아뢰어라! 황성 가는 봉사다. 진정(鎭靜)[2]차로 아뢰어라."

행차가 머물렀다.

"소맹은 황주 도화동에 사는데, 맹인 잔치에 가다가 하도 덥기로 이 물가에 목욕하던 사이에 의복과 행장 일체를 잃었으니 세세히 두루 찾아 주시오."

옷을 얻어 입고 심봉사가 겨우 황성에 당도하니 각 도 각 읍 소경들이 들거니 나거니로 객사(客舍)[3]마다 들끓었다. 소경이란 소경들은 장안에 그득하니 눈이 성한 사람마저 병신으로 보였다. 분부 받은 군사들이 푸른 영기 둘러메고 골목 골목 두루 돌며 큰 소리로,

"각 도 각 읍 소경님네, 맹인 잔치 끝막이니 바삐 가서 참례하오."
알리며 지나가매 객사에서 한숨 쉬던 심봉사 바삐 떠나 대궐로 찾아드니 수문장이 좌기(挫起)[4]하고 낱낱이 오는 소경 점고(點考)[5]하여 들이었다.

1) 조선 때, 군아(郡衙)에서 부리던 사내종.
2) 소란스럽고 어지러운 일을 가라앉혀 고요하게 함.
3) 객지의 숙소.
4) 관아의 우두머리가 출근하여 일을 봄.
5) 점을 찍어 가며 사람의 수효를 조사함.

이 때에 심황후는 나날이 오는 소경들의 거주 성명을 받아 보나 목을 늘여 고대하는 부친 성명 없는지라 눈물 흘리며 탄식하였다. 삼천 궁녀 시위하니 크게 울지 못하고 옥난간에 나앉아서 문설주에 옥면(玉面)을 대고 혼잣말로,

"불쌍하신 우리 부친 세상에 사셨나 죽으셨나? 부처님이 영검하여 그 동안에 눈을 떠서 맹인 잔치 빠지셨나? 당년 칠십 노환으로 병이 들어 못 오시나? 오시다가 멀고 먼 길 노중(路中)[6]에서 무슨 낭패 보셨는가? 이 몸이 살아나서 귀하게 되었음을 아실 리가 만무하니 안타깝고 원통하다."

이렇듯 탄식하는데, 이윽고 모든 소경들이 궁중으로 들어와서 벌려 앉거늘 말석에 앉은 소경을 유심히 바라보니 머리는 백발이나 귀 밑에 검은 때가 있는 것이 부친이 분명하였다.

심황후 시녀를 불러 분부한다.

"저기 앉은 늙은 소경 이리로 데려 와서 거주 성명을 아뢰게 하라."

심봉사는 더듬더듬 일어나서 시녀를 쫓아 조심조심 탑전(榻前)[7]으로 들어가서,

"소생은 본래 황주 도화동에 거주하는 심학규라 합니다. 이십에 소경이 되고 사십에 상처하여 강보에 싸인 딸을 동냥젖을 얻

주

6) 길 가는 도중.
7) 임금의 자리 앞.

어 먹여 근근히 키워 내어 십오 세가 되었는데 이름은 심청이요,
효성이 지극하였습니다. 그것이 밥을 빌어 연명하며 살아갈 제
몽운사 부처님께 공양미 삼백 석을 지성으로 시주하면 감은 눈을
뜬다기로 남경 장사 선인들께 공양미를 얻으려고 아주 영영 팔려
가서 인당수에 죽었으나 딸만 죽고 눈 못 뜨니 몹쓸 놈의 팔자소
관 진작 죽자 하다가 탑전에서, 세세한 연유를 낱낱이 아뢰고 죽
어 갈 모양으로 불원천리(不遠千里)[1] 왔습니다."

원통한 신세 사연을 낱낱이 아뢰고 엎어져 백수풍진(白首風
塵)[2] 고루 겪은 두 눈에서 피눈물 흐르더니,

"애고, 내 딸 청아!"
하고 땅을 치고 통곡하였다.

심황후는 이 말을 들으시매 말을 다 마치지도 아니 하여 눈에서
는 피가 돋고 뼈는 녹는 듯 하기에 부친을 부축하여 일으켰다.

"애고 불쌍한 아버지! 어서 눈을 떠서 나를 보소서."

이 말을 들은 심봉사가 어찌나 반갑던지,

"으흐흐! 이게 웬 일일고? 출천대효 내 딸 청이 살았다니 그게
웬 말이냐? 내 딸이면 어디 보자!"
하는데 흰 구름이 자욱하며 청학(靑鶴), 백학(白鶴), 난봉(鸞鳳),

1) 천리를 멀다 여기지 않음.
2) 늙바탕에 겪는 세상의 온갖 고생.

공작(孔雀)이 구름 속에 오고 가며 심봉사의 머리 위로 안개마저 서리며, 심봉사의 두 눈이 번쩍 뜨이매 천지일월 밝아진다.

심봉사 마음에 흐뭇하나 어찌할 바 모르면서 큰소리를 질렀다.

"애그머니! 애고, 어쩐 일로 양쪽 눈이 환하더니 온 세상이 허전하구나! 감았던 눈 번쩍 뜨니 천지일월 반갑도다!"

딸의 얼굴 쳐다보니 칠보화관(七寶花冠)[3]이 황홀하여 뚜렷하고 어여쁘다.

심봉사는 그제서야 눈 뜬 줄을 알아차려 사방을 둘러보니 형형색색 반갑도다. 어찌나 반갑던지 심봉사는 와락 달려들었다.

"이 분이 누구뇨? 갑자 시월 초파일날 꿈에 보던 얼굴일세. 음성은 같다마는 얼굴은 초면일세. 허허 세상 사람들아, 고진감래 홍진비래(苦盡甘來 興塵比來)[4]는 나를 두고 한 말일세. 얼씨구 좋을씨구 지화자 좋을씨구! 어두컴컴한 빈 방 안에 불 켠 듯이 반가우며 산양수 큰 싸움에 조자룡 본 듯 반갑도다! 어둡던 두 눈 뜨니 황성 대궐이 웬 말이며, 궁중을 살펴보니 죽은 몸이 한 세상에 황후되고 사십 여 년 긴긴 세월 앞 못 보던 내 눈을 홀연히 다시 뜨니 이는 모두 옛글에도 없는 일. 허허 세상 이런 말을 들었는가? 얼씨구 좋을씨구 지화자 좋을씨구! 이런 경사 어디 있나? 칠

주

3) 칠보로 꾸민 여자의 관으로 예장할 때에 씀.
4) 고생 끝에 즐거움이 오고, 즐거움이 다하면 슬픈 일이 옴.

십 평생 처음일세!"

심황후도 진심으로 기뻐하며 부친 손을 이끄시고 삼천 궁녀 옹위하여 내전으로 들어가니 황제 또한 기꺼움을 못 이기며 소경 아닌 심학규를 부원군에 봉하시고 저택이며 전답이며 남녀 종을 내리셨다.

심부원군이 선영(先塋)[1]과 곽씨 부인 산소에 영분(榮墳)[2]을 한 연후에 황성 올라오다 중로에서 인연 맺은 안씨 맹인을 맞아들여 그에게서 칠십에 생남(生男)하고, 심황후의 어진 성덕 천하에 가득하니 만백성들 천세 만세를 부른다. 그리하여 만백성이 심황후를 본받으니 효자 열녀가 곳곳에서 나왔다.

1) 조상의 무덤이 있는 곳.
2) 새로 과거에 급제하거나 벼슬한 사람이 고향의 조상 묘에 찾아가 풍악을 울리며 그 영예를 아뢰던 일.

독후감

길라잡이

1. 내용 훑어보기

황주 도화동에 심학규가 부인 곽씨와 살았습니다. 하지만 혈육이 없어 걱정하였는데 어느 날 꿈을 꾸고 심청을 낳습니다. 심청이 세 살 되는 해에 부인 곽씨가 세상을 떠나고, 심학규도 맹인이 됩니다. 심청은 일곱, 여덟 살부터 효성으로 아버지를 봉양합니다.

열다섯 살 된 심청이가 장승상댁의 일을 도와주다 늦어지자 심봉사가 심청이를 배웅하러 나가다가 개천물에 빠집니다. 이 때 몽운사의 화주승이 그를 구해 주고, 공양미 삼백 석을 시주하면 장래에 눈을 뜨고 부귀 영화를 보리라고 합니다. 심봉사는 앞뒤를 생각하지 않고 시주를 약속합니다. 나중에 아버지의 얘기를 들은 심청이는 천지 신명께 지성으로 빕니다.

얼마 뒤 황성 상인이 인당수에 산 사람으로 제사하려고 티 없는 처녀를 사러 다닙니다. 이에 심청은 자신의 몸을 팔아 백미 삼백 석을 부처님께 바칩니다. 심청이 황성 상인의 행선날에 아버지에게 이 사실을 알리고 떠나려하자 심봉사는 자신의 잘못을 깨닫고 통곡하며 만류합니다. 이 광경을 본 상인들은 며칠을 연기하여 주고 백미 오십 석을 더 주고 떠납니다.

며칠 뒤 인당수에 빠진 심청은 동해 용왕의 명령으로 구조되어 큰 꽃송이 속에 담겨 인당수에 떠 있던 심청은 남경 상인들에 의하여 천자에게로 보내집니다.

꽃 속에서 나온 심청은 마침내 황후가 되고 아버지를 찾기 위하여 맹인 잔치를 열게 합니다. 맹인 잔치 마지막날 심봉사는 딸을 만나고 심청이가 황후가 되었다는 말에 눈을 뜹니다.

작품 분석하기

《심청전》은 불교의 인과응보 사상에 의한 환생을 바탕으로 부모에 대한 효를 형상화하는 한편, 평민 계층의 가난한 삶의 양상을 반영하고 있는 작품입니다.

《심청전》은 현실 세계가 중심을 이루는 전반부와 환상의 세계가 중심을 이루는 후반부로 크게 나뉩니다. 전반부는 가난한 심봉사의 외동딸인 심청의 지극한 효성이 중심을 이루면서, 부모에 대한 효성이라는 가치가 중심을 이룹니다. 다시 태어난 심청이 부귀를 누리다가 아버지와 상봉하는 후반부에서는 현실성과 초월성이라는 두 세계를 접합시키고 있습니다.

전반부의 현실 세계는 심청의 효심을 통하여 비장미와 숭고미를 느끼게 합니다. 한편, 후반부의 초월적인 세계는 서민들의 소망인 효에 대한 인과응보적인 세계관을 보여줍니다. 이는 서민들의 환상의 세계에 대한 동경이라고도 생각할 수 있습니다. 이 초월적인 세계는 어려운 삶을 살아가는 서민들에게 미래에 대한 희망을 안겨 줍니다.

《심청전》에는 민중들의 신분 상승 욕구도 반영되어 있습니다. 먼저, 심청의 희생은 아버지의 눈을 뜨게 하는 수단인 동시에 자신도 고귀한 지위에 오르는 결과를 가져옵니다. 심청의 환생은 효행에 대한 보상으로 볼 수 있고, 앞으로 더 효를 완벽하게 실현하는 계기이기도 합니다. 결국 《심청전》은 효성이 지극한 심청을 내세워 현실적인 가난을 효의 윤리로 극복하고자 하는 의식을 담고 있습니다. 아울러 이러한 자기 희생을 통하여 고귀한 위치에 오르게 된다는 이야기입니다.

이처럼 《심청전》은 아버지를 위하여 자신의 몸을 희생시키는 효의 극치를 이루고 있으며, 나중에는 심청의 신분이 극적으로 상승됩니다. 이것은 서민들에게 자신들이 현실 속에서는 이룰 수 없는 것에 대한 대리 만족을 느끼게 해줍니다. 이 작품이 오랫동안 사랑받을 수 있었던 큰 이유도 이 때문이라고 할 수 있습니다.

▌ 작품의 주제 ▌

심청의 행동을 중심으로 보면, 우선 이 작품의 주제는 효라고 할 수 있습니다. 효행을 권장하고, 인과응보와 권선징악적 내용을 담고 있습니다. 심청이 다시 환생하는 것은 부모를 위하여 목숨을 버린 지극한 효심에 대한 보상이자, 다른 세계에서 아버지에게 더욱 효행을 할 수 있게 하는 방편입니다. 이렇게 《심청전》

은 부모에 대한 지극한 효성을 그 주제로 하고 있습니다.

《심청전》에서 심청의 죽음은 효행의 최고 실현입니다. 그녀의 죽음의 목적은 백미 삼백 석을 받아 아버지의 눈을 뜨게 하기 위한 것입니다. 하지만 그 죽음을 통하여 공양미를 불전에 시주하여 불가의 안녕을 돕고, 뱃사람들의 안전한 항해를 보장하는 효과까지 지니고 있습니다. 또한 심청의 죽음은 제의적 의미를 가지기도 합니다. 그녀의 죽음으로써 뱃사람들의 안전과 심봉사의 개안을 성취시켜 주었으니까요. 그리고 이 같은 선행의 결과는 심청이 자신에게도 황후가 되는 영광을 안겨 주었습니다. 이처럼 심청의 효행과 이에 따른 인과응보가 이 작품의 핵심적 주제로 자리잡고 있습니다.

《심청전》에서 심청의 효행은 누구에게나 감탄할 만한 일입니다. 하지만 아버지의 눈을 뜨게 하기 위하여 자신의 목숨을 버리는 것이 정말 효인가라는 의문도 제기될 수 있습니다. 자식의 희생으로 눈을 뜬다는 것이 심봉사로서는 더 큰 아픔이자 슬픔이기 때문입니다.

▮ 작품의 배경 사상 ▮

《심청전》에는 유교, 불교, 도교, 민간 신앙이 자연스럽게 조화를 이루고 있습니다. 이처럼 여러 사상이 하나의 작품에서 복합적으로 나타나는 것은 한국 문학의 사상적 특징이라고 할 수 있습니다.

전체 줄거리를 통하여 효의 덕목을 강조한다는 면에서는 유교
적입니다. 화주승을 통하여 부처의 신통력을 내세워 심봉사가 눈
을 뜨는 것은 불교적입니다. 아울러 옥황 상제, 선궁와 선녀 등이
등장하여 심청을 소생시킨다는 점은 도교적이라고 할 수 있습니
다. 뿐만 아니라 심봉사가 제의적 행위를 통하여 눈을 뜰 수 있다
고 믿는다든지, 뱃사람들이 인간을 제물로 바쳐 제사를 지내는
행위는 고유의 민간 신앙이라고 할 수 있습니다.

▌작품의 희극성▌

《심청전》은 그 내용상 줄거리가 매우 비극적입니다. 가난한 현
실과 그 속에서도 심봉사는 심청을, 심청이는 아버지를 아끼고
생각하는 마음이 매우 애틋하고 절절하게 그려져, 읽는 이로 하
여금 슬픔을 느끼게 합니다. 특히 아버지를 위하여 몸을 던지는
심청의 시련은 매우 비장합니다.

이러한 비극적인 내용에도 불구하고 《심청전》은 희극적인 특징
을 많이 가지고 있습니다. 《심청전》에서 희극성이 가장 잘 드러나
는 부분은 심봉사와 뺑덕어미 사이에서 일어나는 갈등이라고 할
수 있습니다. 심봉사는 딸을 죽음의 바다에 보내 놓고는 돈으로
인하여 공연히 마음이 헤퍼지는 범속하기 짝이 없는 인물입니다.
심청이가 보인 비극적 행위에 비하면 심봉사의 행위는 희극적인

데, 이것이 화폐가 위력을 발휘하기 시작한 당대 서민의 모습이기도 합니다. 이는 화폐 경제로부터 겪는 여러 가지 괴로움을 '웃음'으로 극복해 보려는 당대 서민들의 진솔한 자기 표현이기도 합니다. 판소리계 소설에서 잘 드러나는 '웃음'의 의미는 삶의 포기가 아니라 삶에 대한 구체적인 문제 제기입니다.

▌작품의 독자층 ▌

《심청전》은 특히 여성들에게 많이 사랑을 받고 읽혀졌다고 합니다. 그 까닭은 무엇일까요? 《심청전》은 아버지와 딸 사이의 혈연적인 사랑을 바탕으로 하고 있습니다. 효녀 심청이가 자신을 희생하는 데에서 동정과 비애를 느끼도록 하다가 결국에는 환상의 세계에서 도움을 받아 고귀한 지위에 오르고 다시 아버지와 극적으로 상봉하게 되는 데에서 말할 수 없는 기쁨과 통쾌함을 맛보게 합니다. 이러한 극적인 구성과 심청의 지극한 효심과 애절함에 대한 표현이 특히 여성들을 사로잡은 요인일 것입니다.

또, 천한 신분의 사람이 귀인이 되고, 평민이 왕후가 된다는 사건 전개가 여성들이 보편적으로 지니고 있는 신분 상승에 대한 욕구 즉, 신데렐라 콤플렉스를 형상화한 것이기 때문이라고 볼 수도 있습니다.

3. 등장인물 알기

심청 부모에 대한 효성이 지극한 여성으로, 오늘날까지 효녀를 대표하는 인물입니다. 어려서부터 마음씨가 곱고 부모에 대한 효성이 남달라 아버지가 눈을 뜨게 하기 위하여 인당수에 몸을 던진다. 새로운 세상에 환생한 뒤에도 아버지를 잊지 못하다가 극적으로 상봉합니다.

심봉사 본래 양반 가문이고 선한 성품을 지닌 사람입니다. 그런데 부인이 죽고 점점 가세가 기울고 병이 들어 앞을 보지 못하게 됩니다. 눈을 뜰 수 있게 된다는 말에 덜컥 스님에게 시주를 약속하고 그 결과 심청이 제물로 희생됩니다. 심봉사의 앞뒤를 생각하지 않은 성격에 의하여 딸의 희생을 가져왔다고 보는 견해도 있습니다.

뺑덕 어미 심청이 인당수에 빠져 죽고 새로 맞은 심봉사의 처로, 교활하고 못된 마음을 지닌 인물입니다. 뺑덕 어미는 인간의 본능에 충실하게 삶을 즐기자는 인물로, 당시 사회의 한 부류를 보여줍니다.

4. 작가 들여다보기

《심청전》는 작가·연대 미상의 고전 소설입니다. 《심청전》은 다양한 근원 설화가 판소리로, 판소리가 다시 소설로 이어내려온, 다시 말해 입에서 입으로 전해 내려온 것입니다. 따라서 작가는 누구 한 사람이 아니라 그 시대의 민중들이라고 할 수 있습니다.

그렇다면 《심청전》의 밑바탕이 되는 배경 설화에는 어떤 것들이 있는지 알아볼까요?

《심청전》은 여러 개의 배경 설화를 가지고 있습니다. 내용상으로는 '인신공희 설화', '맹인득안 설화', 문헌상으로 보면 《삼국 사기》의 '효녀 지은 설화', 《삼국 유사》의 '빈녀 양모'와 '거타지 설화', '성덕산 관음사 연기 설화'에 나오는 '홍장 처녀 이야기' 등이 있습니다.

▌ 효녀 지은 설화 ▌

이 이야기는 《삼국 사기》열전에 전하는 신라의 민간 설화입니다. 주인공 지은이가 연권(連權)의 딸이었기 때문에 '연권녀 설화'라고도 합니다.

효녀인 지은은 연권의 딸로, 일찍이 아버지를 여의고 어머니를 봉양하느라고 서른두 살이 되도록 시집을 가지 못하였습니다. 그는 품팔이뿐만 아니라 걸인 노릇도 하면서 정성을 다해 어머니를 섬겼습니다. 그러나 어느 해 큰 흉년이 들어 동냥도 할 수 없자 효녀 지은이 양곡 서른 석에 남의 집 종이 되었습니다. 종일 일하고는 밥을 얻어다가 어머니를 봉양하게 된 뒤로 이상하게도 어머니는 밥맛을 잃었습니다. 어머니가 딸에게 따지자 효녀 지은은 종이 된 사실을 고백하고 모녀는 붙들고 울었습니다. 마침 화랑 효종랑이 집 앞을 지나다가 모녀의 울음소리를 듣고는 들어가 사정을 묻고 조(粟) 백 석과 의복을 보냈습니다. 뒤에 진성왕이 알고 다시 조 오백 석과 집 한 채를 하사하고, 군사를 보내어 그 집을 호위하도록 하였으며, 그 동리를 표창하여 효양리(孝養里)라고 하였습니다.

▌ 개안 설화 ▌

앞을 볼 수 없었던 사람이 어떤 일을 계기로 눈을 떴다는 내용의 설화입니다. 이 설화에는 '효녀 자기 희생형', '산삼 동자형' 등의 유형이 있습니다.

'효녀 자기 희생형 개안 설화'는 가난한 효녀가 많은 공양미를 부처님께 바치고 축원하면 아버지의 눈을 뜨게 할 수 있다는 말을 듣고 중국 뱃사람에게 자기 몸을 팔아 공양미를 바쳤더니 뒤에 효녀는 중국 황제의 황후가 되고 아버지는 눈을 떴다는 내용입니다. 이 설화는 자기 몸을 팔아 공양미를 바치고 발원하는 효녀의 효성에 감동한 부처님이 아버지의 눈을 뜨게 해주었다는 점에서 《심청전》과도 관련됩니다. 이 설화에는 효성과 함께 불력(佛力)의 신비함이 강조되어 있는데, 불력에 의한 개안은 《삼국유사》에 실려 있는 《천수 대비가》와 관련된 설화에도 나타납니다.

'산삼 동자형 개안 설화'는 아버지의 중병에 자기 아들을 삶아 아버지에게 드려 병을 낫게 한 효자가 눈이 어두워져 앞을 보지 못하다가 아들이 돌아와 인사하자 반가움에 눈을 떴는데 알고 보니 먼저 삶은 것은 산삼이었다는 내용입니다. 이 설화는 '산삼 동자형 효행 설화'와 결합되어 있는데, 개안이 효행에 따른 이적으로 처리되었습니다.

▌인신공희 설화 ▌

신에게 사람을 제물로 바친다는 내용이 담긴 설화입니다. 이 설화의 예로는 개성의 '지네산 전설', 제주도의 '금녕사굴 전설' 등이 있습니다. '지네산 전설'과 '지네장터 전설'은 같은 유형으로서 마을에 살고 있는 큰 지네에게 매년 처녀를 제물로 바쳐야 주민이 무사하다고 하여 처녀 희생제를 지냈는데, 어느 해 제물로 선정된 처녀가 두꺼비에게 밥을 주어 키웠더니 그 두꺼비가 지네를 죽이고 처녀를 구출하였다는 내용입니다. 이 전설은 '은혜 갚은 두꺼비', '처녀와 두꺼비' 등의 이름으로 구전됩니다. 제주도의 '금녕사굴 전설'은 무속 신화인 '토산당본풀이'와 같은 내용으로, 금녕사굴의 큰 뱀에게 처녀를 제물로 바치는 습속이 있었는데, 서린이라는 판관이 부임하여 이 뱀을 잡아죽이고 자기도 죽었다는 내용입니다. 그 뒤로 사신(蛇神)에 대한 제사 의식도 없어졌고 피해도 나타나지 않았다고 합니다.

이처럼 우리 나라의 인신 공희 설화는 대체로 사람을 제물로 바치는 악습이 없어지게 된 유래담이며 제물을 받는 신이 지네나 구렁이로 나타난다는 특징이 있습니다. 또한 악한 신을 제거하는 영웅적인 행위를 한 존재가 인간 이외에 두꺼비와 같은 동물이라는 점도 특이합니다.

5. 시대와 연관짓기

《심청전》이 만들어진 연대는 다른 대부분의 고전 소설들처럼 확실하지 않습니다. 대략 조선 영·정조 시대로 추정된다고 합니다. 영·정조 시대는 문예 부흥기라고 할 만한 시대였지요. 상업 자본을 배경으로 사회에 목소리를 낼 수 있게 된 평민 계층과 함께 산문 문학이 평민들을 중심으로 한 사회에 많이 나타났습니다. 그래서 평민 계층의 취향과 정서에 맞는 소설 문학이 크게 발달합니다. 《심청전》은 바로 그러한 평민 계층으로부터 크게 환영받은 작품 가운데 하나입니다.

이미 앞에서 언급하였지만, 《심청전》은 판소리 심청가가 정착된 고전 소설로, 판소리는 18세기라는 시대적, 사회적 배경 속에서 태어난 예술 양식입니다. 특히 이 시대에는 문학적인 면에서 까다롭고 고상한 문어체의 양반 문학 대신에, 쉽고 실감나고 속어도 많이 섞여 있는 구어체의 평민 문학이 대두되었습니다. 게다가 작품의 산문화, 장편화라는 분위기 속에서 판소리가 산출되었습니다. 따라서 그 내용 속에는 낡은 도덕주의, 신분주의 의식이 허물어지고, 인간성의 해방을 부르짖는 새 시대의 민중 의식이 강렬하게 나타나는 것을 볼 수 있습니다. 예를 들면, 그들은 판소리를 통하여 신분의 굴레를 벗고 자유민이 되려는 의지, 화폐 경제의 대두로 인한 신분과 돈의 갈등 문제, 지배층의 횡포에 대한 반항 의식, 유랑민 곧 자신들의 생활 참상 같은 것을 은연중에 드러내고 있습니다.

이처럼 판소리 문학은 봉건 체제가 해체되어 가던 조선 후기의 역동적인 사회 현실을 반영하고 있습니다. 판소리 문학은 부정과 긍정의 양 측면을 가지면서 복잡 다단한 역사 현실을 반영하고 있는데, 민중들의 현실 인식과 그에 토대를 둔 민중들의 생활상이나 현실 변혁 욕구를 파악할 수 있습니다. 또한 삶의 고통에 대하여 구수한 해학, 신랄한 풍자로 맞서면서 조선 후기 사회의 생활상을 폭넓게 형상화하고 있습니다.

물론, 조선 시대는 이 작품의 주제가 되고 있는 효를 매우 강조

독후감 길라잡이

한 시대이기도 합니다. 유교를 국교로 하여 유교적 덕목을 실천하는 것을 장려하고 중요하게 여겼습니다. 그 중에서도 효가 가장 으뜸 되는 덕목이었습니다. 《심청전》에도 심청의 지극한 효성이 중심을 이루고 있음을 볼 수 있습니다.

또한 조선 후기 사회상을 반영하고 있는 예는 심봉사와 뺑덕 어미와의 갈등 부분에서 찾아볼 수 있습니다. 심봉사는 딸을 보내고 난 후, 돈으로 인하여 공연히 마음이 헤퍼지는 모습을 보입니다. 이것은 돈 즉, 화폐가 큰 위력을 발휘하기 시작하던 당시의 사회 현실을 반영하고 있는 것이라고 할 수 있습니다. 한편, 뺑덕 어미는 인간의 본능에 충실하게 삶을 즐기자는 인물로, 당시 사회의 한 부류를 보여준다고 할 수 있습니다.

6. 작품 토론하기

1 《심청전》에서 심청이가 자신을 제물로 판 행위는 이성적인 것이었을까요? 희생적, 관념적인 심청의 효 행위를 현재의 입장에서 재해석하고 오늘의 바람직한 효 사상에 대하여 이야기해 봅시다.

➡ 심청이 행한 효의 거룩함과 숭고함이 보입니다. 하지만 과연

눈먼 아버지를 두고 인당수로 가는 것이 유일한 대책이었을까 하는 의문을 갖게 합니다. 혹시 심청이가 공양미 삼백 석을 시주하는 것만으로 아버지의 눈을 뜨게 할 수 없다는 사실을 알면서도 자포자기의 심정으로 자기 몸을 팔아 버린 것이 아닐까 하고 생각해 볼 수도 있습니다.

심청이는 유교 사회의 희생을 통한 절대적인 효를 실천하였지만 현대의 효는 경제적·헌신적·도덕적 측면의 효가 아니라 어버이에 대한 변함 없는 사랑과 정신적 평안을 유념하는 현실적·실천적인 태도가 우선시 되어야 한다고 생각할 수도 있습니다.

독후감 길라잡이

2 | 《심청전》은 조선 후기에 생성되어 소설로써 읽혀지기도 하고, 판소리로써 공연되기도 하는 등 다양한 모습으로 전승되어 왔습니다. 개화기에 와서 《심청전》은 신문학 비평가들로부터 '눈물 교과서'라는 혹평을 받기도 하였습니다. 그렇지만 오늘날까지도 광범위한 독자층으로부터 계속 읽혀지고 사랑받고 있습니다. 《심청전》이 오랫동안 우리 민족에게 감동을 주는 이유는 무엇일까요?

➡《심청전》은 인물과 구성이 겉으로 보기에는 단조롭지만 그 단조로움 속에 깊은 의미와 사상이 담겨 있기도 합니다.

특히 주제와 사상에 관한 측면에서 보면 《심청전》은 인간의 현실 세계에서 쉽게 부딪칠 수 있는 문제를 많은 사람이 자연스럽게 공감할 수 있게 문학적으로 이야기하고 있습니다.

《심청전》에서 주제로 제시한 것은 자기 희생의 가치와 의미라고 볼 수 있습니다. 이것은 감동적인 이야깃거리 가운데 하나이며, 인간 사회의 보편적 가치관의 구체적 표현으로서, 어느 사회에서나 소중히 여기고 장려해 온 것이기도 합니다. 이는 오늘날에도 마찬가지입니다.

심청의 기구한 처지와 그녀의 지극한 효성은 말로만 들어도 우리는 동정을 느낍니다. 그것은 한 어린 소녀가 일찍 어머니를 여의고, 자라서는 봉사인 아버지의 눈을 뜨게 하려고 스스로 제물로 팔려 가는 이야기에서 우러나는 정서입니다. 또한 문학이라는 특성상 같은 내용이라도 읽는 이의 인생관과 개성에 따라 그 뜻과 느낌이 달라지는 법입니다.

《심청전》은 교훈이나 도덕을 가르치기에 앞서 독자에게 즐거움과 감동을 주는 하나의 이야기로 존재합니다. 또한 이 작품이 한국적 심성을 가장 절실하게 표현하였기 때문에 시대가 변해도 감동을 주고 사람들의 마음을 움직이게 하는 것인지도 모릅니다.

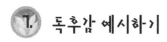 **1. 독후감 예시하기**

∥ 독후감 1 ∥ 심청이의 선택과 진정한 효의 의미

우리의 고전 중에서 효를 주제로 한 것이라면 누구나 《심청전》

을 떠올릴 것이다. 그리고 소설 속의 주인공 심청이는 효녀를 대표하는 인물이 되었다.

아버지의 눈을 뜨게 하기 위하여 자신을 제물로 파는 심청이의 효심은 자식으로서 보일 수 있는 최고의 희생이 아닐까 생각해 본다.

그러나 심청이가 앞을 못 보는 아버지의 '자식 죽여 눈을 뜬들 차마 그게 할 일이냐' 라는 절규를 들으면서 뱃사람들을 따라가는 구절을 보면서 예전에는 당연하게 받아들였던 심청의 결정과 행동이 과연 진정한 효일까 의문이 들기 시작했다. 생활과 아버지의 시주 약속에 거의 자포자기하는 심정으로 몸을 던졌거나 억지로 죽음을 택하였다면 그것은 진정한 효가 아니라고 생각한다. 그렇지만 심청이는 아버지의 앞날이 걱정되지만 눈을 뜨고 행복하게 살 수 있기를 바라는 간절한 마음으로 죽음을 선택하였다. 심청이의 그 마음은 진정 지극한 효심이라고 할 수 있을 것이다. 진정한 효란 진실된 마음에 달렸기 때문이다.

하지만 '자식이 죽으면 마음에 묻는다' 는 속담이 있듯이, 자식을 잃은 부모의 아픔은 생각하지 않고 어버이를 위하여 생명을 버리는 행위는 부모에게는 행복이 아니라 오히려 가장 큰 불행일 것이다.

《심청전》의 경우 심청이 생명을 버림으로써 심봉사가 눈을 떴다고 해보자. 심봉사는 과연 행복한 삶을 살 수 있었을까. 심봉사를 비롯한 이 세상 모든 부모님들의 대답은 '그렇지 않다' 일 것이다. 심청의 죽음을 충격으로 받아들인 심봉사가 딸의 죽음을 애통해 하며, 슬픔으로 나날을 보낸 나머지 생애를 불행하게 마칠 수도 있기 때문이다. 새로운 삶을 산다고 해도 그것이 진정 행복이라고 느끼지 못할 것이다. 오히려 아무리 가난하고 부처님과의 약속을 저버리는 것이라고 할지라도 딸과 함께 정을 나누며 살아가는 삶이 진정 가치 있고 행복한 삶이었을 것이다.

물론 《심청전》에서는 결국에 다시 아버지와 딸이 상봉하여 행복하게 산다는 결말을 맺고 있지만, 만약 그것이 실제 우리들의 생활에서 나타났다면 나는 심청이의 지극한 효심에 감동하기보다는 효라는 관념 때문에 아버지를 홀로 남겨 둔 점을 비판하였을 것 같다.

심청이의 선택을 통하여 나는 진정한 효의 의미란 무엇일까에 대하여 많은 고민을 해볼 수 있었다. 그리고 내가 《심청전》을 다시 고친다면, 심청이가 효라는 추상적인 관념에 사로잡히지 않고 좀더 현실적이고, 이성적인 판단을 내려 한평생 아버지 마음의 지팡이가 되어 아버지를 모시고 사는 행복한 모습을 그려보고 싶다.

▌독후감 2 ▌《심청전》에서 발견하는 우리 민족의 정신적 뿌리
《심청전》은 우리 나라 사람이라면 남녀노소 누구나 알고 있는 고전 소설이다. 특히 유교가 뿌리깊은 우리 나라에서 효의 대명사라고 여겨지는 소설이 《심청전》이다. 이 때문에 '심청이 같다' 라

고 하면 그 사람은 부모에게 정성으로 효도하는 사람임을 금방 알 수 있다. 그러고 보면《심청전》은 고전 소설로서가 아니라 우리가 모르는 사이에도 우리 곁에 너무나 친숙한 내용이 되었다.

《심청전》의 줄거리는 심청이가 아버지의 눈을 뜨게 하려는 마음에 자신을 공양미 삼백 석과 바꾸는 조건으로 바다의 제물이 된다.

하지만 심청이 지극한 효심에 감복한 옥황상제의 은총으로 인간 세상으로 돌아와 왕비가 된다. 다시 살아난 심청이는 아버지를 만나려고 맹인 잔치를 열어 전국에 있는 장님들을 모두 모이도록 한다. 그 결과 마침내 아버지를 만나고, 심청이의 지극한 효심은 심봉사의 눈을 뜨게 하는 힘이 된다. 이후 부녀는 오래 오래 행복하게 살았다라는 내용이다.

이 줄거리에서 보듯이 이 소설의 주제를 '심청이의 아버지에 대한 지극한 효심'이라고 해도 틀린 것은 아니다. 하지만 이것과 함께 놓치지 말아야 할것은 우리 나라 고전 소설들이 지니고 있는 주제 중 중요한 한 가지인 권선징악이다. 이것은《홍부전》,《홍길동전》,《춘향전》,《장화홍련전》을 비롯한 모든 고대 소설의 핵심이기도 하다. '착한 일을 한 사람은 처음에는 어려움에 처하지만 결국에는 복을 받는다' 라는 권선징악적 소설 구조는 아마 고전 소설이라면 빠지지 않을 것이다. 이것은《심청전》에서도 마찬가지이다.

너무 틀에 박혀 재미없는 설정이기도 하지만, 효성스럽고 착한 사람이 결국에는 승리하는 소설 구조는 우리 사회에 유교적 이념이 얼마나 뿌리 깊게 내리고 있는지를 반증하는 것이 아닐까.

　요즈음 유교적인 것을 구시대적 유물 또는 내던져 버려야만 할 것이라고 보는 사람도 없지 않다. 하지만 이것은 오늘날 우리 사회가 지닌 물질만능주의, 이기주의를 탈피하여 모두가 잘 사는 사회로 나아가는 열쇠가 될 수도 있을 것이다

　《심청전》을 다시 한번 음미해 보고, 그 안에서 우리가 보고 배울 점이 무엇인지 생각해 봐야 할 때가 아닐까 한다.

중학생이 보는

장화홍련전

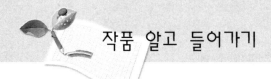

　우리에게 계모에 대한 느낌은 어떤가요? 뭔가 심술맞을 듯 하고, 자기 자식이 아닌 아이에게는 한없이 매정할 듯 한 느낌이 들지 않나요? 우리 조상들 역시 마찬가지였습니다. 특히, 봉건사회의 가부장적인 제도가 지금보다 더 강했던 시대라서 이야기 속에서만이 아니라 현실 속에서도 전처 자식과 계모와의 갈등은 존재했었지요. 그러한 갈등은 아무런 힘이 없는 아이들과 어른 사이의 문제이기 때문에 모든 동정심은 아이들에게로 향했습니다.

　《장화홍련전》이 바로 이러한 사회적 모습과 그에 대한 민중들의 의식을 표현한 소설이라고 할 수 있습니다. 조선 후기 18세기에 국문본이 창작되었다고 추정되어지는데요, 실제로 오래 전부터 구전되어 내려와서 정확한 창작 시기와 작가는 알 수 없지요.

　이 이야기 속에 등장하는 장화와 홍련이 바로 계모 허씨에게 구박받는 착한 처녀들입니다. 두 처녀는 모두 외모가 출중하고 심성이 고우며 머리도 총명하여 흠잡을 데 없으나 친어머니를 일찍 여의고서는 많은 고난을 겪게 되지요. 특히 심술궂고 재물 욕심이 많은 계모 허씨가 아들 셋을 낳은 후에는 둘을 노골적으로 괴롭혀 장화와 홍련은 눈가에 눈물이 마를 날이 없습니다. 또 계모 허씨는 아들보다는 딸을 더 좋아하는 배좌수를 의식하며 재산이 모두 두 처녀에게 갈까 두려워 갖은 모략으로 전처의 자식들을 죽이고자 하지요.

그러한 계모의 행동이 절정에 다다른 것이 쥐를 죽여 장화가 낙태했다 꾸민 후 죽게 만든 것입니다. 배좌수는 딸을 사랑하기는 하나 가문의 명예에 문제가 생긴다는 허씨의 말을 듣고 이에 동의하게 되지요. 《장화홍련전》은 이처럼 단순히 계모와 장화 · 홍련의 갈등뿐만이 아니라 봉건 사회 속에서 자식 사랑보다는 가문의 명예를 중시하는 배좌수의 모습을 통해 제도적 모순을 폭로하고 있는 것입니다.

또한 비록 억울하게 죽기는 했지만 현명한 부사를 만나 자신들의 한을 풀고 환생하여 세상의 온갖 영화를 누리는 장화와 홍련을 통해 민중들의 정의 실현에 대한 소망도 보여주고 있지요.

자, 그럼 그들의 이야기를 읽어 가며 당시 우리 사회가 각성해 가던 봉건 사회의 모습을 살펴볼까요?

장화홍련전

세종대왕 시절에 평안도 철산군에 한 사람이 있었는데 성은 배씨요, 이름은 무룡이었다. 그는 본디 향반(鄕班)[1]으로 좌수(座首)를 지냈을 정도로 성품이 매우 순후(淳厚)[2]하고 가산(家産)이 넉넉하여 부러울 것이 없었지만, 다만 슬하에 일점 혈육이 없으므로 부부는 매양 슬퍼하였다.

그러던 어느 날, 부인 장씨가 몸이 곤하여 침상(寢牀)을 의지하고 조는 동안, 문득 한 선관(仙官)이 하늘에서 내려와 꽃 한 송이를 주기에 부인이 받으려 할 제 홀연 회오리바람이 일며 그 꽃

1) 시골로 낙향하여 여러 대를 두고 벼슬을 못 하는 양반.
2) 양순하고 인정이 두터움.

이 변하여 한 선녀가 되어 완연히 부인의 품속으로 들어오는지라, 부인이 놀라 깨어 보니 남가일몽(南柯一夢)[3]이었다. 부인이 좌수를 향하여 꿈 이야기를 하며 괴이하게 여겼다. 좌수가 이 말을 듣고,

"우리가 자식 없음을 하늘이 불쌍히 여기사 귀한 자식을 점지하심이오."

하며 서로 기뻐하였다. 과연 그 날부터 태기(胎氣)가 있어 십 삭(朔)이 차매, 하루는 밤중에 향기가 진동하더니 순산하여 옥녀(玉女)를 낳았다. 아기의 용모와 기질이 특이하여 좌수 부부는 크게 사랑하며 이름을 장화라 짓고 장중보옥(掌中寶玉)[4]같이 길렀다.

장화가 두어 살이 되면서 장씨 또다시 태기가 있었다. 좌수 부부는 주야로 아들 낳기를 바랐으나 역시 딸을 낳았다. 마음에는 서운하나 할 수 없이 이름을 홍련이라 하였다.

장화·홍련 자매가 점점 자라가며 얼굴이 아름답고 기질이 기묘할 뿐더러 효행이 뛰어나니, 좌수 부부는 자매의 자라남을 보고 사랑함이 비길 데 없었다. 그러나 너무 숙성함을 매우 염려하였다.

그러던 가운데 한편 시운(時運)이 불행하여 장씨는 홀연히 병

3) 꿈과 같이 헛된 한때의 부귀영화.
4) 가장 소중한 것.

을 얻어 자리에 눕게 되었다.

좌수와 장화가 정성을 다하여 밤낮으로 약을 썼지만, 증세가 날로 위중할 뿐이요, 조금도 효험이 없었다. 장화는 초조하여 하늘에 축수(祝手)[1]하며 모친이 회춘(回春)[2]하기를 바랐지만, 이 때 장씨는 자기의 병이 낫지 못하리라 짐작하고, 나이 어린 두 딸의 손을 잡고 좌수를 청하여 슬퍼하며,

"첩이 전생에 죄가 많아 이 세상에 오래 살지 못할 것 같습니다. 죽는 것은 슬프지 않지만, 장화 자매를 기를 사람이 없사오니 지하(地下)에 갈지라도 눈을 감지 못할 만큼 슬프니, 이제 골수에 맺힌 한을 가슴에 품고 죽으려 합니다. 외로운 혼백이 바라는 바는 다름이 아니오라 첩이 죽은 후에 다른 여인을 취하실진대 낭군의 마음이 자연 변하기 쉬울 것이니 그것을 두려워합니다. 바라건대 낭군은 첩의 유언을 저버리지 마시고 지난 날의 정의를 생각하시고, 이 두 딸을 불쌍히 여겨 장성한 후에 좋은 가문에 배필을 얻어 봉황의 짝을 지어 주신다면 첩이 비록 어두운 저승 속에서라도 낭군의 은택(恩澤)[3]을 감축하여 결초보은(結草報恩)[4]하겠습니다."

1) 두 손바닥을 마주 대고 비는 것.
2) 중한 병에서 회복되어 건강을 되찾는 것.
3) 은혜와 덕택.
4) 죽어서까지라도 은혜를 잊지 않고 갚음.

하고 길이 탄식한 후, 이내 숨을 거두었다. 장화는 동생을 안고 하늘을 우러러 통곡하니, 그 가련한 정경은 보는 사람으로 하여금 철석 간장이 녹아 내리는 듯하였다.

그럭저럭 장삿날이 다달아 선산에 안장하고 장화는 효심을 다하여 조석으로 상식(上食)⁵⁾을 받들며 주야로 정성을 다하였다. 세월이 여류(如流)⁶⁾하여 어느덧 삼년상이 지나갔다. 그러나 장화 형제의 망극함은 더욱 새로웠다.

이 때 좌수는 비록 망처(亡妻)의 유언을 생각하였지만 후사를 안 돌아볼 수도 없어서, 이에 혼처를 두루 구하였으나, 원하는 여인이 없으므로 부득이 허씨라는 여인에게 장가를 들었다.

허씨의 용모를 말하자면 두 볼은 한 자가 넘고, 눈은 퉁방울 같고, 코는 질병 같고, 입은 메기 같고, 머리털은 돼지털 같고, 키는 장승만 하고, 소리는 이리 소리 같고, 허리는 두 아름이나 되는 것이 게다가 곰배팔이요, 수종다리에 쌍언청이를 겸하였고, 그 주둥이를 썰어 내면 열 사발은 되고, 얽기는 콩멍석 같으니 그 형상은 차마 바로 보기 어려운 데다가 그 심지가 더욱 불량하여 남이 못 할 노릇만을 골라 가며 행하니, 집에 두기가 단 한시인들 난감하였다.

5) 상가에서 아침저녁으로 영좌에 드리는 음식.
6) 물의 흐름과 같이 빠름.

그래도 그것이 계집이라고 그 달부터 태기가 있어 연달아 아들 삼 형제를 낳았다. 좌수는 그로 말미암아 어찌할 바를 모르니 매양 딸과 더불어 죽은 장씨 부인을 생각하며, 잠시라도 두 딸을 못 보면 삼추(三秋)[1]같이 여기고, 돌아오면 먼저 딸의 침실로 들어가 손을 잡고 눈물을 흘리며,

"너희 자매들이 깊이 규중에 있으면서, 어미 그리워함을 늙은 아비도 매양 슬퍼한다."

하며 가련히 여기는 것이었다. 허씨는 그럴수록 시기하는 마음이 커져 장화·홍련을 모해(謀害)[2]하고자 꾀를 생각하였다. 이에 좌수는 허씨의 시기함을 짐작하고 허씨를 불러 크게 꾸짖었다.

"우리는 본래 가난하게 지내다가 전처의 재물이 많아 지금 풍족히 살고 있소. 그대의 먹는 것이 다 전처의 재물이니 그 은혜를 생각하면 크게 감동해야 마땅한데, 저 어린것들을 심히 괴롭게 하니 다시는 그러지 마오."

하고 조용히 타일렀지만 시랑(豺狼)[3] 같은 그 마음이 어찌 뉘우치겠는가. 그 후로는 더욱 불측(不測)[4]하여 두 자매를 죽일 뜻을 주야로 생각하였다.

1) 세 해의 가을. 즉 긴 세월을 뜻함.
2) 모략을 써서 남을 해롭게 함.
3) 승냥이와 이리. 즉 탐욕이 많고 무자비한 사람의 비유.
4) 마음이 음흉함.

하루는 좌수가 내당(內堂)으로 들어와 딸의 방에 앉으며 두 딸을 살펴보니, 딸 자매가 서로 손을 잡고 슬픔을 머금고 눈물로 옷깃을 적시기에 좌수가 이것을 보고 매우 측은히 여겨 탄식하며,

'이는 반드시 죽은 어미를 생각하고 슬퍼함이로다.'

하고 역시 눈물을 흘렸다.

"너희들이 이렇게 장성하였으니, 너희 모친이 살아 있었다면 오죽이나 기쁘겠느냐. 그러나 팔자가 기구하여 허씨 같은 계모를 만나 구박이 심하니, 너희들의 슬퍼함을 짐작하겠다. 이후에 이런 연고가 또 있으면 내가 처치하여 너희 마음을 편안케 하리라."

하고 나왔다. 이 때 흉녀 허씨가 창 틈으로 이 광경을 엿보고 더욱 분노하여 흉계를 생각하다가 문득 깨닫고, 제 자식 장쇠를 불러 큰 쥐 한 마리를 잡아오게 하였다. 그러고는 그것을 껍질을 벗기고 피를 발라, 낙태한 형상을 만들어 장화가 자는 방에 들어가 이불 밑에 넣고 나왔다. 좌수가 들어오기를 기다려 이것을 보이려고 하였는데 마침 좌수가 외당(外堂)에서 들어왔다. 허씨가 좌수를 보고 정색하며 혀를 차는지라, 괴이하게 여긴 좌수가 그 연고를 물었다.

"집안에 불측한 변이 있으나 낭군은 필시 첩의 모해라 하실 듯하기에 처음에는 발설치 못하였습니다. 낭군은 친어버이라, 나오면 이르고 들어가면 반기는 정을 자식들이 전혀 모르고 부정한 일이 많으나, 내 또한 친어미가 아니므로 짐작만 하고 있었는데

오늘은 늦도록 기동치 아니하기에 몸이 불편하다고 하여 들어가 보니, 과연 낙태를 하고 누웠다가 첩을 보고 미처 수습치 못하여 쩔쩔매는 것이었습니다. 그래서 첩의 마음에 놀라움이 컸지만, 저와 나만 알고 있거니와 우리는 대대로 양반이라 이런 일이 누설되면 무슨 면목으로 세상을 살아가겠습니까."

좌수는 크게 놀라 이에 부인의 손을 이끌고 딸의 방으로 들어가 이불을 들추어 보았다. 이 때 장화 자매는 잠이 깊이 들어 있었으니, 허씨가 그 피묻은 쥐를 가지고 날뛰었다. 용렬(庸劣)[1]한 좌수는 그 흉계를 모르고 놀라며,

"이 일을 장차 어찌하리오."

하며 고심하였다. 이 때 허씨가 하는 말이,

"이 일이 매우 중난하니 남이 모르게 죽여 흔적을 없이 하면, 남은 이런 줄은 모르고 첩이 심하여 애매한 전실 자식을 모해하여 죽였다고 할 것이요, 남이 알면 부끄러움을 면치 못할 것이니 차라리 첩이 먼저 죽어 모르는 것이 나을까 합니다."

하고 거짓 자결하는 체하니 저 미련한 좌수는 그 흉계를 모르고 급히 달려들어 붙들고 빌면서,

"그대의 진중한 덕은 내 이미 아는 바이니, 빨리 방법을 가르치면 저 아이를 처치하겠소."

1) 변변하지 못하고 졸렬한 것.

하며 울거늘 흉녀는 이 말을 듣고,

'이제는 원을 이룰 때가 왔다.'

하고 마음에 기꺼워하면서도 겉으론 탄식하여 하는 말이,

"내 죽어 모르고자 하였더니, 낭군이 이토록 과념(過念)[2]하시니 부득이 참거니와, 저 아이를 죽이지 아니하면 장차 집안에 화를 면치 못할 것입니다. 기세양난(其勢兩難)[3]이니 빨리 처치하여 이 일이 드러나지 않게 하십시오."

라고 하였다. 좌수는 망처의 유언을 생각하고 망극하나, 일변 분노하여 처치할 묘책을 의논하니 흉녀는 기뻐하며,

"장화를 불러 거짓말로 속여 저희 외삼촌 댁에 다녀오게 하고, 장쇠를 시켜 같이 가다가 뒤 연못에 밀쳐 넣어 죽이는 것이 상책일까 합니다."

좌수가 듣고 옳게 여겨 장쇠를 불러 이리이리 하라고 계교(計巧)[4]를 가르쳐 주었다.

이 때 두 소저(小姐)[5]는 죽은 어머니를 생각하고 슬픔을 금치 못하다가 잠이 깊이 들었으니, 어찌 흉녀의 이런 불측함을 알 수 있었을까? 장화가 잠을 깨어 심신이 울적하므로 괴이하게 여겨

2) 너무 걱정하는 것.
3) 남이 두려워할 만큼 세차게 뻗쳐 이러기도 어렵고 저러기도 어려운 것.
4) 요리 조리 생각해 낸 꾀.
5) 과거 처녀를 대접하여 이르던 말.

다시 잠을 이루지 못하고 일어나 앉아 있는데, 부친이 부르시기에 깜짝 놀라서 즉시 나아가니 좌수가 말하기를,

"너희 외삼촌 집이 여기서 멀지 않으니 장쇠를 데리고 잠시 다녀오너라."

고 하였다. 장화는 너무나 의외의 영을 들었으므로 일변 놀랍고 일변 슬퍼 눈물을 머금고 말씀드렸다.

"소녀 오늘까지 문 밖을 나가 본 일이 없었는데, 부친은 어찌하여 이 깊은 밤에 알지 못하는 길을 가라 하십니까?"

좌수가 크게 화를내 꾸짖으며,

"장쇠를 데리고 가라 하였거늘 무슨 잔말을 하여 아비의 영을 거역하느냐."

하므로 장화 이 말을 듣고 방성대곡(放聲大哭)[1]하여,

"부친께서 죽어라 하신들 어찌 분부를 거역하겠습니까마는 밤이 깊었기로 어린 생각에 사정을 아뢸 따름입니다. 분부 이러하시니 황송하지만, 다만 부탁이오니 밤이나 새거든 가게 해 주십시오."

하였더니 좌수 비록 용렬하나, 자식의 정에 끌려 망설이므로 흉녀 이렇듯 수작함을 듣고 갑자기 문을 발길로 박차며 꾸짖어 말하였다.

"너는 어버이 영을 순순히 따라야 마땅하거늘, 무슨 말을 하여 부명(父命)을 어기느냐."

1) 큰 목소리로 몹시 슬프게 욺.

하고 호령하니 장화는 이에 더욱 서러우나 할 수 없이 울며,

"아버님 분부가 이러하시니, 다시 여쭐 말씀이 없습니다. 분부대로 하겠습니다."

하고 침실로 들어가 홍련을 불러 손을 잡고 울면서,

"부친의 뜻을 알지 못하거니와 무슨 연고(緣故)[2]가 있는지 이 밤중에 외가에 다녀오라 하시니 마지못해 가긴 가지만, 이 길이 아무래도 불길하구나. 다만 슬픈 마음은 우리 자매가 모친을 여의고 서로 의지하여 세월을 보내되 한시라도 떠남이 없이 지내더니, 천만 뜻밖에 이 일을 당하여 너를 적적한 빈방에 혼자 두고 갈 일을 생각하면 가슴이 터지고 간장이 타는 내 심사는 맑은 하늘에 날벼락이로다. 아무쪼록 잘 있거라. 내 가는 길이 좋지 못할 듯하나 그 사이 그리움이 있을지라도 참고 기다려라. 옷이나 갈아 입고 가야겠다."

하고 옷을 갈아 입은 후 장화는 다시 손을 잡고 울며 아우에게 경계하여,

"너는 부친과 계모를 극진히 섬겨 잘못함이 없게 하고 내가 돌아오기를 기다리면, 내 가서 오랫동안 있지 않고 수삼 일에 다녀오겠다. 그 동안 그리워 너를 두고 가는 마음 측량할 길 없으니, 너는 슬퍼 말고 부디 잘 있거라."

2) 사유, 까닭.

말을 마치고 대성통곡하며 손을 붙잡고 서로 헤어지지 못하니, 슬프다! 생시에 그지없이 사랑하던 그 모친은 어찌 이런 때를 당하여 저 자매의 형상을 굽어살피지 못하는가.

이 때 흉녀 밖에서 장화의 이렇듯 함을 듣고는 들어와 시랑 같은 소리를 지르며 말하였다.

"네 어찌 이렇게 요란히 구느냐?"

하고 장쇠를 불러,

"네 누이를 데리고 속히 외가에 다녀오라 하였거늘 그저 있으니 어쩐 일이냐?"

그러자, 돼지 같은 장쇠는 바로 염라대왕의 분부나 받은 듯이 소리를 벼락같이 질러 어깨춤을 추며 삼간마루를 떼구르며,

"누님은 빨리 나와요. 부명을 거역하여 공연히 나만 꾸지람 듣게 하니 이 아니 원통하오."

하며 재촉이 성화같으므로 장화는 어쩔 수 없이 홍련의 손을 떨치고 나오려 하였다. 이 때 홍련이 언니의 옷자락을 잡고 울면서,

"우리 자매 잠시도 떨어지지 않았었거늘, 갑자기 오늘은 나를 버리고 어디를 가려고 합니까?"

하며 쫓아 나오니, 장화는 홍련의 형상를 보며 간장이 마디마디 끊어지는 듯하지만, 홍련을 달래며,

"내 잠시 다녀오겠으니 울지 말고 잘 있거라."

하며 설움에 잠겨 말끝을 맺지 못하니, 노복들도 이 광경을 보고

눈물 아니 흘리는 자가 없었다. 홍련이 언니의 치마폭을 잡고 놓지 않거늘, 흉녀가 들이닥쳐 홍련의 손을 뿌리치며,

"네 형이 외가에 가는데 네 어찌 이처럼 요망스럽게 구느냐."
하며 꾸짖으므로 홍련은 맥없이 물러섰다. 흉녀가 장쇠에게 넌지시 눈짓하니 장쇠의 재촉이 성화같았다. 장화는 마지못해 홍련을 이별하고 부친께 하직하고 말에 올라 통곡하며 가는 것이었다.

장쇠가 말을 급히 몰아 산골짜기로 들어가 한 곳에 다다르니, 산은 첩첩(疊疊) 천봉(千峰)이요 물은 잔잔 백곡(百曲)인지라, 초목이 무성하고 송백이 자욱하여, 인적이 적막한데 달빛만 휘영청 밝고 구슬픈 두견 소리 일촌간장(一寸肝腸)[1]을 다 끊어 놓는다. 장화가 굽어 보니 송림 가운데 한 못이 있는데 크기가 사십여 리요, 그 깊이는 알지 못할 정도였다. 한 번 보니 정신이 아득하고 물소리만 처량한데, 장쇠 말을 잡고 장화를 내리라 하니 장화는 깜짝 놀라며 큰 소리로 장쇠를 나무랐다.

"이 곳에 내리라 함은 어쩐 일이냐?"
하니 장쇠가 대답하길,

"누이의 죄를 알 것이니 어찌 물으오? 그대를 외가에 가라 함은 정말이 아니라, 그대 실행(失行)[2]함이 많되, 계모 착하신 고로 모르는

1) 주로 애달프거나 애가 탈 때의 마음을 형용하여 이르는 말.
2) 여자가 음탕한 행위를 하는 것.

체하시더니 이미 낙태한 일이 나타났으므로, 나를 시켜 남이 모르게 이 못에 넣고 오라 하기에, 이 곳에 왔으니 속히 물에 들어가오."

하며 잡아 내리는 것이었다. 장화가 이 말을 들으니 청천벽력이 내리는 듯 넋을 잃고 소리를 지르며,

"하늘도 야속하오, 이 일이 웬일이요? 무슨 일로 장화를 내시고 또 천고에 없는 누명을 씌워 이 깊은 못에 빠져 죽어 속절없이 원혼이 되게 하시는고? 하늘이여 굽어살피소서. 장화는 세상에 난 후로 문 밖을 모르거늘, 오늘날 애매한 누명을 쓰오니 전생에 죄악이 그렇게 무겁던가, 우리 모친은 어찌 세상을 버리시고, 슬픈 인생을 남겼던고. 간악한 사람의 모해를 입어 단불에 나비 죽듯 죽는 것은 슬프지 않지만, 원통한 이 누명을 어느 시절에 씻으며 외로운 저 동생은 장차 어찌될 것인가?"

하며 통곡하고 기절하니, 그 정상은 목석 간장이라도 서러워하련마는, 저 불측하고 무정한 장쇠놈은 서서 다만 재촉할 뿐이었다.

"이 적막한 산중에 밤이 이미 깊었는데, 아무리 죽을 인생 발악해야 무엇하나 어서 바삐 물에 들라."

하니 장화 정신을 진정하고,

"나의 망극한 정지(情地)[1]를 들으라. 너와 나는 비록 이복이나 아비 골육은 한가지라, 전에 우리 우애하던 정을 생각하여 영영

1) 딱한 사정이 있는 불쌍한 처지.

황천으로 돌아가는 목숨을 가련히 여겨 잠시 말미를 주면, 삼촌 집에도 가고 망모(亡母)의 묘에 하직이나 하고 외로운 홍련을 부탁하여 위로하고자 하니, 이는 내 목숨을 보존코자 함이 아니라, 변명하면 계모의 시기가 있을 것이요, 살고자 하면 부명을 거역하는 것이니 일정한 명대로 하려니와, 바라건대 잠시 말미를 주면 다녀와 죽음을 청하겠다."

하며 비는 소리, 애원이 처절하나 목석 같은 장쇠 놈은 조금도 측은한 빛이 없이 마침내 듣지 않고 재촉이 성화 같았다. 장화는 더욱 망극하여 하늘을 우러러 통곡하며,

"명천(明天)은 이 억울한 사정을 살피소서. 이 몸 팔자 기박하여, 칠 세에 어미를 여의고 자매 서로 의지하여 서산에 지는 해와 동녘에 돋는 달을 대할 때면 간장이 슬퍼지고, 후원에 피는 꽃과 섬돌에 나는 풀을 볼 적이면 비감하여 눈물이 비오듯 지내왔는데, 십년 후 계모를 얻으니 성품이 불측하여 구박이 심하온지라 서러운 슬픈 마음을 이기지 못하오나, 밝으면 부친을 따르고 해가 지면 망모를 생각하며 자매 서로 손을 잡고, 기나긴 여름날과 적막한 가을밤을 탄식으로 살아왔었는데 궁흉극악(窮凶極惡)²⁾한 계모의 독수(毒手)³⁾를 벗어나지 못하옵고 오늘날 물에 빠져 죽사

2) 성정이 몹시 음흉함.
3) 남을 해치려고 하는 악독한 수단.

오니 이 장화의 천만 애매함을 천지·일월·성신이든 바로잡아 주소서. 홍련의 일생을 어여삐 여기셔서 저 같은 인생을 본받게 하지 마옵소서."

하고 장쇠를 돌아보며,

"나는 이미 누명을 쓰고 죽거니와 저 외로운 홍련을 어여삐 여겨 잘 인도하여, 부모에게 효도하고 길이 무량(無量)[1]함을 바란다."

하며 왼손으로 치마를 걷어잡고 오른손으로 신발을 벗어 못가에 놓고, 발을 구르며 눈물을 비오듯 흘리고 오던 길을 향하여 실성 통곡하며,

"불쌍하구나, 홍련아, 적막한 깊은 규중에 너 홀로 남았으니, 가엾은 네 인생이 누구를 의지하고 살아간단 말이냐. 너를 두고 죽는 나는 쓰라린 이 간장이 구비구비 다 녹는다."

말을 마치고 만경창파(萬頃蒼波)[2]에 나는 듯이 뛰어드니 참으로 애닯도다. 갑자기 물결이 하늘에 닿으며 찬바람이 일어나고 월광이 무색한데, 산중으로부터 큰 범이 내달아 꾸짖기를,

"네 어미 무도하게 애매한 자식을 모해하여 죽이니 어찌 하늘이 무심하겠느냐."

하며 달려들어 장쇠놈의 두 귀와 한 팔, 한 다리를 떼어먹고 온데

1) 한량이 없음.
2) 한없이 넓고 푸른 바다나 호수의 물결.

간데 없으니 장쇠 기절하여 땅에 거꾸러지니 장화의 탔던 말이 크게 놀라 집으로 돌아왔다.

흉녀는 장쇠를 보내고 밤이 깊도록 아니 오므로 매우 이상히 여기는데 갑자기 장화가 타고 간 말이 소리를 지르고 달려오기에, 흉녀 생각하기를 장화를 죽이고 온 줄 알고 내다본즉, 말은 온몸에 땀을 흘리고 들어오는데 사람은 없는지라, 흉녀는 크게 놀라 이에 노복을 불러 불을 밝히고 말 오던 자취를 더듬어 찾아가게 하였다.

장
화
홍
련
전

이윽고 한 곳에 다다라 보니, 장쇠가 거꾸러졌기에 놀라 자세히 살펴보니, 한 팔, 한 다리와 두 귀가 없고 피를 흘리며 인사불성이라 모두가 놀라 어찌할 바를 몰랐다. 그 때 문득 향내가 진동하며 찬바람이 소슬하므로 괴이하게 여겨 사방을 두루 살펴보니 향내가 못 가운데서 나는 것이었다.

노복이 장쇠를 구하여 오니, 그 어미 놀라 즉시 약을 먹이고 상한 곳을 동여 주니, 장쇠 비로소 정신을 차렸다. 흉녀가 크게 기꺼워하며 그 사연을 물은즉, 장쇠는 전후 사연을 다 말하였다. 그 말을 들은 흉녀는 더욱 원망하며 홍련을 마저 죽이려고 주야로 생각하였다.

그러던 중 홍련이 또한 집안 일을 전혀 모르다가 집안이 소란함을 보고 괴이하게 여겨 계모에게 그 연고를 물으니,

"장쇠는 요괴로운 네 형을 데리고 가다가 길에서 범을 만나 물

려서 병이 중하나."

라 하기에 홍련이 다시 사연을 물은즉, 흉녀는 눈을 흘기며,

"네 무슨 요사스런 말을 이토록 하느냐?"

하고 자리를 떨치고 일어나므로, 홍련이 이렇듯 박대함을 보고 가슴이 터지는 듯하며 일신이 떨려 제 방으로 돌아와 형을 부르며 통곡하다가 홀연 잠이 들었다.

비몽사몽간에 물 속에서 장화가 황룡을 타고 북해로 향하거늘, 홍련이 내달아 물으려 하니 장화는 본 체도 안 하는 것이었다.

홍련이 울며,

"형님은 어찌 나를 본 체도 안 하시고 혼자 어디로 가십니까?"

하니 그제서야 장화가 눈물을 뿌리며,

"이제는 내 몸이 길이 달라서 내 옥황상제께 명을 받아 삼신산으로 약을 캐러 가는데, 길이 바쁘기로 정회(情懷)[1]를 베풀지 못하지만 너는 나를 무정타고 여기지 말아라. 내 장차 때를 보아 너를 데려가마."

하며 수작할 즈음에 장화가 탄 용이 소리를 지르거늘, 홍련이 깨달으니 침상일몽(沈床一夢)[2]이었다.

기운이 서늘하고 땀이 나서 정신이 아득한지라, 홍련은 이에 부

1) 생각하는 마음. 또는 정과 회포.
2) 잠을 자면서 꾸는 꿈.

친께 이 사연을 말씀하며 통곡하여 하는 말이,

"오늘을 당하여 소녀의 마음이 무엇을 잃은 듯하여 자연히 슬프오니 형이 이번에 가서 필경 무슨 연고가 있어 사람의 해를 입었나 봅니다."

하고 실성통곡하였다. 좌수가 딸의 말을 들어 보니, 숨통이 막혀 한 마디 말도 못하고 다만 눈물만 흘리는 것이었다. 흉녀가 곁에 있다가 왈칵 성을 내며,

"어린 아이가 무슨 말을 해서 어른의 마음을 이다지도 슬프고 상심케 하느냐."

하며 등을 밀어내기에 홍련이 울며 나와 생각하기를,

'내 꿈 이야기를 여쭈니 부친은 슬퍼하시나 아무 말도 못 하시고, 계모는 낯빛을 바꾸며 구박하니, 이는 반드시 무슨 연고가 있다.'

하며 그 허실을 몰라 애쓰고 있었다.

하루는 흉녀가 나가고 없기에 장쇠를 불러 달래며 언니의 행방을 탐문하였더니, 장쇠는 감히 속이지 못하여 장화의 전후 사연을 거짓없이 말하였다. 그제야 언니가 애매하게 죽은 사실을 알고 깜짝 놀라 기절하였다가 겨우 정신을 차려 형을 부르며,

"가련할사 형님이여! 불측할사 흉녀로다! 자상한 우리 형님, 이 팔청춘 꽃다운 시절에 망측한 누명 몸에 쓰고 창파에 몸을 던져 천추 원혼되었으니, 뼈에 새긴 이 원한을 어찌하여 풀어 볼까, 참혹하다 우리 형님, 가련한 이 동생을 적막한 공방에 외로이 남겨

장화 홍련전

두고 어디 가서 안 오시나. 구천에 돌아간들 이 동생이 그리워서 피눈물 지으실 때 구곡간장이 다 녹았을 것이로다. 고금에 이르도록 이런 억울하고 원통한 일이 또 어디 있으리요. 하늘이시여 살피시옵소서. 소녀 3세에 어미를 잃고 언니를 의지하여 지내 왔는데, 이 몸의 죄가 많아 모진 목숨이 외로이 남았다가 이런 변을 또 당하니, 언니와 같이 더러운 꼴 보지 말고 차라리 이 내 몸이 일찍 죽어 외로운 혼백이라도 언니를 따라갈까 하나이다."

말을 마치니 눈물은 비오듯 하며 정신이 아득한지라, 아무리 형의 죽은 곳을 찾아가고자 하나 규중 처녀의 몸으로 문 밖 길을 모르니, 어찌 그 곳을 찾으랴? 침식을 전폐하고 밤낮을 한탄할 뿐이었다.

하루는 파랑새 한 마리가 날아와서 백화(百花)[1]가 만발한 사이를 오락가락하기에 홍련이 심중에 헤아리기를,

'내 형님의 죽은 곳을 몰라 주야로 궁금하여 한이 되는데 저 파랑새 비록 미물이나마 저렇듯 왕래하니 필경 나를 데려가려 왔나 보다.'

하며 슬픈 정회를 진정치 못하여 좌불안석(坐不安席)[2]하였다. 그러다가 문득 보니 파랑새는 간 곳이 없거늘, 서운한 마음이 비할

1) 온갖 꽃.
2) 불안하거나 초조하여 자리에 가만히 앉아 있지 못하고 움직이는 상태.

데 없었다.

날이 다시 밝으매 홍련이 또 파랑새가 오기를 기다렸으나 끝내 오지 않아 슬픔을 이기지 못하여 창을 의지하고 생각하기를,

'이제는 파랑새가 오지 않아도 언니 죽은 곳을 찾아가려니와, 이 일을 부친께 말씀하면 못 가게 하실 테니, 이 사연을 기록하여 두고 가야 하겠다.'

하고 즉시 지필(紙筆)[3]을 내어 유서를 썼다.

'슬프다, 일찍이 모친을 여의고 형제가 서로 의지하여 세월을 보냈더니, 천만 뜻밖에 형이 사람의 불측한 모해를 입어 죄 없이 몹쓸 누명을 쓰고 마침내 원혼이 되니, 어찌 슬프지 않으며 원통하지 않겠습니까? 홍련은 부친 슬하에 이미 십여 년을 모셨다가 오늘날 가련한 형을 쫓아가매, 지금 이후로는 부친의 용모를 다시 뵙지 못하고 음성조차 들을 길이 없습니다. 이런 일을 생각하면 눈물이 앞을 가려 가슴이 메이는지라 바라건대 부친은 불초여식(不肖女息)[4]을 생각지 마시고 만수 무강하십시오.'

이 때는 오경이라 월색이 만정하고 청풍이 소슬하였는데, 문득 파랑새가 날아와 나무에 앉으며 홍련을 보고 반기는 듯 지저귀는 것이었다. 그것을 보며 홍련이 이르기를,

---

3) 종이와 붓.
4) 어버이의 덕망을 따르지 못하는 못난 자식을 이르는 말. 자기를 부모에게
   낮추어 이르는 말.

"네 비록 날짐승이나 우리 형님 계신 곳을 가르쳐 주려 왔느냐?"

그 파랑새가 듣고 응하는 듯해서 홍련이 다시 말하기를,

"네 만일 나를 가르쳐 주려 왔거든 길을 인도하면 너를 따라가겠다."

하니 파랑새는 고개를 조아리며 응하는 듯하기에 홍련이 말하기를,

"그러하면 네 잠시 머물러 있어라. 함께 가자."

하고 유서를 벽에 붙이고 방문을 나오며 일장통곡하여 말하기를,

"가련하다, 내 신세여! 이 집을 나가면 언제 다시 이 문전을 보겠는가."

하며 파랑새를 따라갔다.

몇 리를 못 가서 동방이 밝아 오므로 점점 나아가매, 청산은 중중하고 장송은 울울(鬱鬱)[1]한데 새들은 슬피 울어 사람의 심회를 돋우었다.

파랑새가 한 못가에서 주저하기에 홍련이 좌우를 살펴보니, 물위에 오색구름이 자욱한 속에서 슬픈 울음소리가 나며 홍련을 불러 이르는 말이,

"너는 무슨 죄로 천금같이 귀중한 목숨을 속절없이 이곳에다 버리려고 하느냐. 사람이 한 번 죽으면 다시 살지 못하나니, 가련하다 홍련아, 세상일은 헤아리기 힘드니 이런 일일랑 다시 생각

1) 나무가 무성한 상태.

지 말고 어서 돌아가 부모님께 효도하고 성현 군자를 만나 아들
딸 고루 낳아 기르며, 돌아가신 어머님 혼령을 위로하여라."
하는 것이었다. 홍련은 이것이 형의 소리임을 알아 듣고 급히 소
리질러 말하기를,

　"형님은 전생에 무슨 죄로 나를 두고 이 곳에 와 외로이 있습니
까? 내 형님을 버리고 혼자 살 길이 없으니 한가지로 돌아다니고
자 합니다."
하고 또 들으니 공중에서 울음소리가 그치지 아니하고 슬피 울기
에, 홍련이 더욱 서러워 정신을 차리지 못하다가 겨우 진정하여
하늘에 절하며 축수하여 비는 말이,

　"비나이다 비나이다. 빙옥(氷玉)[2]같이 맑은 우리 형님 천추에
몹쓸 누명을 벗겨 주십시오. 천지신명은 이 홍련의 억울하고 원
통한 한을 밝게 굽어살피십시오."
하고 방성대곡 슬피 울 제, 공중에서 홍련을 부르는 소리에 더욱
비감하여 오른손으로 치마를 휘어 잡고 나는 듯이 물 속으로 뛰
어드니, 슬프고도 애달프다. 일광이 무색하고 그 후로는 물 위에
안개 자욱한 속으로 슬피 우는 소리가 주야로 연속하여 계모의
모해로 애매하게 죽은 죽음을 자세히 뇌이니, 이는 원근사람이
다 알게 하기 위해서였다.

────────────────

　2) 얼음과 옥. 맑고 깨끗하여 아무 티가 없음을 비유하는 말.

장화 자매의 애원한 한이 구천에 사무쳐 매양 설원(雪冤)[1]코자 하매 아문에 들어가 지원극통한 원정을 아뢰려 하면 철산 부사가 매양 놀라 기절하여 죽어 갔다.

이렇듯이 철산 부사로 오는 사람은 부임한 이튿날이면 죽으므로, 그 후로는 부사로 오는 사람이 없어 철산군은 자연 폐읍이 되었고, 해마다 흉년이 들어 사람이 아사(餓死)[2]지경에 이르니 백성들이 사방으로 흩어져 한 고을이 텅 비게 되었다.

이러한 사연으로 여러 번 장계(狀啓)[3]를 올리니, 임금이 크게 근심하여 조정에서는 의논이 분분하였다.

하루는 정동우라 하는 사람이 부사로 가기를 자원하였다. 이는 성품이 강직하고 체모가 정중한 사람이라 임금이 들으시고 인견(引見)[4]하여 분부를 내리시기를,

"철산읍에 이상한 변이 있어 폐읍이 되었다 하므로 염려하던 중 경(卿)이 이제 자원하니 심히 다행하고 아름다우나, 또한 근심이 되니 십분 조심하여 인민을 잘 안돈(安頓)[5]하라."

하시고 철산 부사를 제수하시나, 부사 사은(謝恩)[6]하고 물러나와 즉시 도임(到任)[7]하여 이방을 불러 말하기를,

1) 원통한 사정을 풀어 없애는 것.
2) 굶어 죽는 것.
3) 감사 또는 지방에 파견된 관원이 임금에게 글로 보고하는 것.
4) 윗사람이 아랫사람을 불러들이어 봄.
5) 사물을 잘 정돈하는 것.

"내 들으니, 네 고을에 관장이 도임한 후면 즉시 죽는다 하니 과연 옳으냐?"

이방이 대답하여 여쭈기를,

"아뢰옵기 황송하오나 오륙 년 이래로 등내(等內)[8]마다 밤마다 비몽사몽간에 꿈에 깨닫지 못하고 죽으니 그 연고를 알지 못하겠나이다."

하므로 부사는 듣기를 다 하고 분부하기를,

"너희는 밤에 불을 끄고 잠을 자지 말며 고요히 동정을 살피라."

하니, 이방이 청령(聽令)[9]하고 나아갔다.

이리하여 부사는 객사에 가서 등촉을 밝히고 《주역》을 읽는데, 밤이 깊은 후에 홀연히 찬바람이 일어나며 정신이 아득하여 어찌할 바를 모르는데 난데없는 한 미인이 녹의홍상(綠衣紅裳)[10]으로 완연히 들어와 절하는 것이었다. 부사는 정신을 가다듬어 물어 가로되,

"너는 어떠한 여자인데 이 깊은 밤에 와서 무슨 사정을 말하려 하느냐?"

그 미인이 고개를 숙이고 몸을 일으켜 다시 절하며 아뢰기를,

"소녀는 이 고을에 사는 배좌수의 딸 홍련입니다. 소녀의 형 장화는 칠세 되었고 소녀는 삼 세 되던 해에, 어미를 여의고 아비를 의지하여 세상을 보내더니, 아비가 후처를 얻었나이다. 후처의 성품이 사납고 시기가 극심하던 중 공교히 연하여 아들 셋을 낳았나이다. 그래서 아비는 혹하여 계모의 참소(讒訴)[1]를 신청하고 소녀의 자매를 박대함이 자심(滋甚)[2]하였지만, 소녀의 자매는 그래도 어미라 계모 섬기기를 극진히 하였습니다.

그러나 계모의 박대와 시기는 날로 심해졌습니다. 이는 다름아니라 본디 소녀의 어미가 재물이 많아 노비가 수백 인이요, 전답이 천여 석이었습니다. 금은 보화는 거재두량(車載斗量)[3]이요, 소녀 자매가 출가하면 재물을 다 가질 생각으로 소녀 자매를 죽여 재물을 빼앗아 제 자식을 주고자 하여, 주야로 모해할 뜻을 두었나이다. 그리하여 몸소 흉계를 내어 큰 쥐를 벗겨 피를 많이 바르고 낙태한 형상을 만들어 형의 이불 밑에 넣고 아비를 속여 죄를 씌운 후에 거짓으로 외삼촌 집으로 보낸다 하고 갑자기 말을 태워 그 아들 장쇠놈으로 하여금 데려다가 못 가운데 넣어 죽게 했습니다.

소녀 이 일을 알고 억울하고 원통하여, 소녀 구차하게 살다가 또 어떤 흉계에 빠질까 두려워 마침내 형이 빠져 죽은 못에 빠져

 주

1) 남을 헐뜯어 없는 죄를 있는 것처럼 꾸며서 고해 바치는 것.
2) 점점 더 심함.
3) 썩 큰 재물.

죽었나이다. 죽음은 섧지 않으나 이 불측한 누명을 씻을 길이 없
사옵기에 더욱 원통하여 등내마다 원통한 사정을 아뢰고자 하였
는데 모두 놀라 죽으므로 뼈에 맺힌 원한을 이루지 못하였나이
다. 이제 천행으로 밝으신 사또를 맞아 감히 원통한 원정을 아뢰
오니, 사또는 소녀의 슬픈 혼백을 불쌍히 여기시와 천추의 원한
을 풀어주시고 형의 누명을 벗겨 주십시오."

　말을 맺고 일어나 하직하고 나가기에 부사는 괴이하게 여겨 생
각하기를,

　'당초에 이런 일이 있어 폐읍이 되었도다.'
하고 이튿날 아침에 동헌에 나아가 이방을 불러 묻기를,

　"이 고을에 배좌수라는 사람이 있느냐?"

　"예, 배좌수가 있사옵니다."

　"좌수 전후처의 자식이 몇이나 있느냐?"

　"두 딸은 일찍 죽사옵고 세 아들이 살아 있나이다."

　"두 딸은 어찌하여 죽었다 하더냐?"

　"남의 일이오라 자세히는 알지 못하오나, 대강 듣사온즉 그 큰
딸이 무슨 죄가 있어 연못에 빠져 죽은 후, 그 동생은 형제의 정
이 중하므로 주야로 통곡하다가 필경 형의 죽은 못에 빠져 죽어
한가지로 원혼이 되어 날마다 못가에 나와 앉아 울며 말하기를,
'계모의 모해를 입어 누명을 쓰고 죽었노라.' 하며 허다한 사연을
하여 행인들이 듣고 눈물 아니 흘리는 사람이 없다고 하옵니다."

하는 것이었다. 부사는 듣기를 다 하고 즉시 관차(官差)[1]를 보고 분부하기를,

"배좌수 부부를 잡아 들여라."

하니 관차는 영을 듣고 삽시간에 잡아왔다. 부사가 좌수에게 묻기를,

"내 들으니 전처의 두 딸과 후처의 세 아들이 있다 하는데 그것이 사실인가."

"그러하옵니다."

"다 살아 있는가?"

"두 딸은 병들어 죽었고, 다만 세 아들이 살았습니다."

"두 딸이 무슨 병으로 죽었는지 바른 대로 아뢰면 죽기를 면하려니와, 그렇지 않으면 장하(杖下)[2]에 죽으리라."

좌수 얼굴이 흙빛이 되어 아무 말도 못 하자, 흉녀는 이 말을 듣고 크게 놀라며 아뢰기를,

"안전에서 이미 아시옵고 묻사온대 어찌 추호라도 기망(欺罔)[3]함이 있겠나이까. 전실에 두 딸이 있어 장성하더니 장녀 행실이 바르지 못하여 잉태하여 장차 누설케 되었기로 노복들도 모르게 약을 먹여 낙태하였사오나 남은 이러한 줄도 모르고 계모의 모해

1) 관아에서 파견하는 사령 등의 아전.
2) 형벌을 받는 그 자리.
3) 남을 우롱하고 속이는 일.

인 줄 알 듯하기에 저를 불러 경계하기를, '네 죄는 죽어 아깝지 않지만 너를 죽이면 남이 나의 모해로 알겠기에 짐작하여 죄를 사하겠으니, 차후로는 다시 이러한 행실을 말고 마음을 닦아라. 만일 남이 알면 우리 집을 경멸할 것이니, 그러면 무슨 면목으로 사람을 대하겠느냐.' 하고 꾸중을 하였습니다. 그랬더니 저도 죄를 알고 부모 대하기를 부끄러워하며 스스로 밤에 나가 못에 빠져 죽었습니다. 그 동생 홍련이 또한 제 형의 행실을 본받아 밤에 도주한 지 몇 해가 되었지만, 그 종적을 모를 뿐 아니라, 양반의 자식이 실행하여 나갔다고 해서 어찌 찾을 길이 있겠습니까? 이러므로 나타나지 못하였나이다."

부사가 듣기를 다 하고 물어 말하기를,

"네 말이 그러할진대, 낙태한 것을 가져오면 족히 알겠다."

흉녀 대답하여 여쭙기를,

"소녀의 골육(骨肉)[4]이 아닌 고로 이런 일을 당할 줄 알고 그 낙태한 것을 깊이 간직하였다가 가져왔나이다."

하고 즉시 품속에서 내어 드리니 부사는 본즉, 낙태한 것이 분명하므로 이에 분부하기를,

"말과 사실이 어긋남이 없으나 죽은 지 오래 되어 분명히 설명할 수 없으니 내 다시 생각하여 처리할 것이니 그냥 물러가 있거라."

_____

4) 부자 · 형제 등의 육친.

그 날 밤에 홍련의 형제가 완연히 부사 앞에 나타나서 절하고 여쭙기를,

"소녀들이 천만 의외에 밝으신 사또를 만나서 소녀 자매의 누명을 설원할까 바랐었는데, 사또께서 흉녀의 간특한 꾀에 빠지실 줄 어찌 알았겠나이까."

하며 슬피 울다가 다시 여쭙기를,

"일월같이 밝으신 사또는 깊이 통촉하십시오. 옛날에 순임금도 계모의 화를 입었다 하거니와, 소녀의 뼈에 사무친 원한은 삼척동자라도 다 아는 바이거늘, 이제 사또께서 잔악한 계집의 말을 곧이들으시고 깨닫지 못하시니, 어찌 애닯지 않겠나이까. 바라건대 사또께서는 흉녀를 다시 부르셔서 낙태한 것을 올리라 하여 배를 가르고 보시면, 반드시 통촉할 바가 있을 것입니다. 그러니 소녀 자매를 불쌍히 여기셔서 법을 밝혀 주시고, 소녀의 아비는 본성이 착하고 어두운 탓으로 흉녀의 간계에 빠져 흑백을 분별치 못하는 것이니 충분히 용서하여 주시기를 바라겠나이다."

말을 마치고 홍련의 자매는 일어나 절하고 청학을 타고 반공에 솟아갔다. 부사는 그 말을 듣고는 분명히 자기가 흉녀에게 속은 것을 깨닫고 더욱 분노하였다. 날이 밝기를 기다려 새벽에 좌기를 베풀고 좌수 부부를 성화같이 잡아들여 다른 말은 묻지 말고 그 낙태한 것을 바삐 들이라 하여 그것을 살펴본즉 낙태가 아닌 줄 분명히 알겠으므로 좌우를 명하여 그 낙태한 것을 배를 가르

게 할 때 그 호령이 서리 같았다. 칼을 가져와 배를 갈라 보니, 그 속에 쥐똥이 가득하였다. 허다한 관속들이 이를 보고 모두 흉녀의 간계를 알고 저마다 침을 뱉고 꾸짖으며, 장화 자매의 애매한 죽음을 불쌍히 여겨 눈물을 흘리었다.

부사는 이를 보고 크게 노하여 큰 칼을 씌우고 소리를 높여 호령하여 말하기를,

"이 간특한 것아, 네 천고 불측한 죄를 짓고도 방자스럽게 공교한 말로 속이기로 내가 생각하는 바 있어 방송(放送)[1]하였더니, 이제 또한 무슨 말을 꾸며 변명코자 하느냐? 네 국법을 가볍게 여기고 못할 짓을 행하여 무죄한 전실 자식을 죽였으니, 그 사연을 바른 대로 아뢰어라."

좌수는 이 광경을 보고는 애매한 자식의 죽음을 뉘우치며 눈물을 흘리면서 아뢰기를,

"소생의 무지한 죄는 성주의 처분에 있사오며 비록 하방(遐方)[2]의 용렬한 우맹(愚氓)[3]인들 어찌 사리와 체모를 모르겠습니까. 전실 장씨는 가장 현숙하더니 불쌍히 죽고 두 달이 있었는데 부녀가 서로 의지하여 위로하며 세월을 보냈습니다. 그러나 후사를 돌보지 않을 수 없어 후처를 얻어 아들 셋을 낳아 기꺼워했습

1) 감옥에서 나가도록 풀어 주는 것.
2) 서울에서 멀리 떨어진 지방.
3) 어리석은 백성.

니다. 그런데 하루는 소생이 내당에 들어가니 흉녀가 갑자기 돌연 변색하여 하는 말이, '영감이 매양 장화를 세상에 없이 귀히 여기시더니 제 행실이 불행하여 낙태하였으니 들어가 보라.' 하고 이불을 들추고 소생이 놀라 어두운 눈에 본즉, 과연 낙태한 것이 확실했습니다. 미련한 소견에 전혀 깨닫지 못하고, 더욱 전처의 유언을 잊고 흉계에 빠져 죽인 것이 틀림없으니 그 죄 만 번 죽어도 사양치 않겠습니다."

말을 마치고 배좌수가 통곡하니 부사가 곡성을 그치게 하고 이에 흉녀를 형틀에 올려 매고 문초를 하니, 흉녀는 매를 이기지 못해 여쭙기를,

"소첩의 친정은 대대로 거족(巨族)[1]이오나 근래에 문중이 쇠잔하여 가세가 탕진하던 차, 좌수가 간청하므로 그 후처가 되었습니다. 전실의 두 딸이 있었는데 그 행동거지가 심히 아름다웠나이다. 그리하여 내 자식같이 양육하여 이십에 이르니 제 행사가 점점 불측하여 백 가지 말에 한 말도 듣지 않고 성실치 못한 일이 많아 원망이 심하였습니다. 하루는 저희 형제의 비밀한 말을 우연히 엿들었습니다. 그 말을 듣고 보니 과연 소첩이 매양 염려하던 바와 같이 불미한 일이므로 마음에 놀랍고 분하지만, 아비더러 이르면 반드시 모해하는 줄로 알 것이니 부득이 영감을 속이

1) 대대로 번창한. 문벌이 좋은 집안.

고 쥐를 잡아 피를 묻혀 장화의 이불 밑에 넣고 낙태하였다 했습니다. 그리고 소첩의 자식 장쇠에게 계교를 가르쳐 장화를 유인하여 연못에 넣어 죽였사온데, 그 아우 홍련이 또한 화를 두려워 밤중에 도주하였사와 법대로 처분을 기다리려니 첩의 아들 장쇠는 이 일로 천벌을 입어 이미 병신이 되었사오니 죄를 사하여 주옵소서."

장쇠 등 삼 형제가 일시에 여쭙기를,

"소인 등은 다시 아뢸 말씀이 없사오나 다만 늙은 부모를 대신하여 죽고자 바랄 뿐이옵니다."

하는 것이었다. 부사는 좌수의 처와 장쇠 등의 초사(焦思)[2]를 듣고 일변 흉녀의 소행을 이해하는 한편, 장화 자매의 원통한 죽음을 불쌍히 여겨 말하기를,

"이 죄인은 남과 다르니, 내 임의로 처리 못 하겠다."

하고 감영에 보고하였다. 감사는 이 말을 듣고 크게 놀라 즉시 이 뜻을 조정에 장계하였더니 임금이 보시고 장화 자매를 불쌍히 여기시어 하교하시기를,

"흉녀의 죄상은 만만불측(萬萬不測)[3]하니 능지처참하여 후일을 징계하며, 그 아들 장쇠는 교살할 것이며, 장화 자매의 혼백을 신

장화 홍련전

원(伸寃)[1]하여 비를 세워 표하여 주고, 제 아비는 방송하라."

감사, 하교를 받자 그대로 철산부에 전달하였다. 부사는 즉시 좌기를 베풀고 흉녀를 능지처참하여 효시(梟示)[2]하고, 아들 장쇠는 교살하고 좌수는 훈계로 다스렸다.

부사는 몸소 관속을 거느리고 장화 자매가 죽은 못에 나아가 물을 치고 본즉, 두 소저의 시체가 자는 듯이 누워 있는데 얼굴이 조금도 변하지 않아 마치 산 사람과 같았다.

부사는 관곽을 갖추어 명산을 가려 안장하고 무덤 앞에 석자 길이의 비석을 세웠는데 그 비석에 '해동 조선국 평안도 철산군 배무룡의 딸 장화·홍련의 불망비'라 하였다.

부사 장사를 마치고 돌아와 정사(政事)를 다스리는데 잠시 곤하여 침석을 의지하여 졸고 있을 즈음 문득 장화 자매가 들어와 절을 하며 아뢰기를,

"소녀들은 밝으신 사또를 만나 뼈에 사무친 한을 풀고 또 해골까지 거두어 주시옵고, 아비의 죄를 용서하여 주셨으니 그 은혜는 태산이 낮고 하해(河海)[3]가 얕아서 명명지중(冥冥之中)[4]이라도 결초보은하겠나이다. 미구(未久)[5]에 관직이 오를 것이니 두고

1) 원통한 일을 푸는 것.
2) 경계하는 뜻으로 뭇사람에게 보임.
3) 큰 강과 바다.
4) 나타나지 않아 알 수 없음.
5) 앞으로 오래지 않음.

보옵소서."

이렇게 말하고 간 데가 없거늘 부사 놀라 깨어 보니 침상일몽이었다. 그로부터 차차 승진하여 통제사에 이르니 가히 장화 자매의 음덕(陰德)[6]이 아닌가.

배좌수는 나라의 처분으로 흉녀를 능지하여 두 딸의 원혼을 위로하였으나, 마음에 쾌함이 없고 오직 두 딸의 애매한 죽음을 슬퍼하여 거의 미칠 듯하였다. 할 수만 있으면 다시 이 세상에서 부녀지의(父女之義)[7]를 맺어 남은 한을 풀고자 매양 축원하던 중 집안에 공양할 사람조차 없어 마음 둘 곳이 없으므로 부득이 혼처를 구하였다. 그리하여 향속 윤광호의 딸에게 장가드니 나이는 십팔 세요, 용모와 재질이 비상하고 성정이 또한 온순하여 자못 숙녀의 풍도가 있으므로 좌수는 크게 기꺼워 금실이 자별하였다.

하루는 좌수가 외당에서 두 딸의 생각이 간절하여 능히 잠을 이루지 못하고 전전반측(輾轉反側)[8]할 제 장화 자매가 황홀히 단장하고 완연히 들어와 절하며 여쭈기를,

"소녀의 팔자가 기구하여 모친을 일찍이 여의고 전생업원(前生業冤)[9]으로 모진 계모를 만나 마침내 애매한 누명을 쓰고 부친

장화 홍련전

주

6) 숨은 덕행.
7) 부녀지간의 정.
8) 누워서 몸을 이리저리 뒤척이며 잠을 이루지 못함.
9) 전생에 지은 죄 때문에 이승에서 받는 괴로움.

슬하를 이별하였으니, 억울하고 원통함을 이기지 못하여 이 원정을 옥황상제께 아뢰었습니다. 상제께서 통촉하시와 이르시기를 '너희 정상이 가긍(可矜)[1]하나 이 역시 너희 팔자라, 뉘를 원망하리요? 그러나 너의 아비와 세상 인연이 미진하였으니, 다시 세상에 나가 부녀지간의 정을 맺어 서로 원한을 풀어라.' 하시고 물러가라 하셨는데 그 의향을 모르겠나이다."

하였다. 좌수가 그를 붙잡고 반길 때에 닭소리에 놀라 깨어 보니, 무엇을 잃은 듯 심신을 가누지 못하였다.

　후취 윤씨 또한 일몽(一夢)을 얻으니 선녀가 구름으로 내려와 연꽃 두 송이를 주며 하는 말이,

　"이는 장화와 홍련이니, 그 애매하게 죽음을 옥황상제께서 불쌍히 여기시어 부인께 점지하니, 귀히 길러 영화를 보라."

하고 간 데 없기에, 윤씨가 깨어 보니 꽃송이는 손에 쥐어 있고 향기가 방안에 가득하였다. 윤씨가 크게 괴이하게 여겨 좌수를 청하여 몽사(夢事)[2]를 전하며,

　"장화와 홍련이 어찌 된 사람이니까?"

하고 물으니 좌수는 이 말을 듣고 꽃을 본즉 꽃이 넘놀며 반기는 듯하므로 두 딸을 다시 만난 듯해서 눈물을 흘리고 딸의 전후 사

---

1) 불쌍하고 가여운 모습.
2) 꿈에 나타난 일.

연을 말하여 주었다.

윤씨는 그달로부터 태기가 있어 십 삭이 되어 갈수록, 배가 너무도 드러나기에 쌍둥이가 분명하였다. 달이 차매 몸이 피곤하여 침상에 의지하였더니, 이윽고 순산하여 쌍둥이 두 딸을 낳았다. 좌수가 밖에 있다가 들어와 부인을 위로하여 산아를 보니, 용모와 기질이 옥으로 새긴 듯 꽃으로 모은 듯, 짝이 없게 아름다워 마치 연꽃과 같았다. 그들은 이것을 기이하게 여겨 '꽃이 화하여 여아가 되었다.'고 하며 이름을 다시 장화와 홍련이라 적고 장중보옥(掌中寶玉)³⁾같이 길렀다.

세월이 흘러 사오 세에 이르매, 두 소저의 골격이 비상하고 부모를 효성으로 받들었다. 그들이 점점 성장하여 십오 세에 이르자 덕을 구비하고 재질이 또한 출중하므로 좌수 부부의 사랑함이 비길 데 없었다.

배필을 구하고자 매파를 널리 놓았지만, 합당한 곳이 없어 매우 근심하던 중 이 때 평양에 이연호라는 사람이 있는데 재산이 많으나 다만 슬하에 일점 혈육이 없어 슬퍼하다가 늦게야 신령의 현몽(現夢)⁴⁾으로 쌍둥이 아들 형제를 두었다. 이름은 윤필와 윤석이라 하는데, 이제 나이 십륙세로 용모가 화려하고 문필이 출중하여

3) 손 안에 든 보배로운 옥이라는 뜻으로, 매우 소중한 물건을 뜻함.
4) 죽은 사람이나 신령이 꿈에 나타나는 것.

딸 둔 사람들이 모두 탐내며 매파를 보내 청혼하는 것이었다.

그 부모도 또한 자부(子婦)[1]를 선택하는 데 심상치 않던 차에 배좌수의 딸 쌍둥이 형제가 아주 특이함을 듣고 크게 기꺼워 혼인을 청하였더니, 양가가 서로 합의하여 즉시 허락하고 택일하니 때는 구월 보름께였다.

이 때 천하가 태평하고 나라에 경사가 있어 과거를 볼 제, 윤필의 형제가 참여하여 장원 급제를 하였다. 임금이 그 인재를 기특히 여기시어 즉시 한림 학사를 제수(除授)[2]하시니, 한림 형제는 사은하고 말미를 청하니 임금이 허락하시었다.

그리하여 한림 형제가 바로 떠난 집으로 내려오니, 이공(李公)이 잔치를 베풀고 친척과 친구들을 청하여 즐기니 가문의 영화가 고금(古今)[3]에 드물었다.

이러구러 혼인을 당하여 한림 형제는 위의(威儀)[4]를 갖추고 풍악을 울리며 혼가에 이르러 예를 마치고 신부를 맞아 돌아와 부모께 현신(現身)[5]하였다. 그 아름다운 태도는 가위 한 쌍의 명주(明珠)[6]요 두 낱의 박옥(璞玉)[7]이라, 부모들은 기꺼움을 측량치

1) 며느리의 지칭.
2) 천거에 의하지 않고 임금이 직접 관리를 임명하는 일.
3) 예와 지금.
4) 위엄이 있는 태도나 차림새.
5) 아랫사람이 윗사람에게 처음으로 뵈는 것.

못하였다.

신부 자매가 부모를 효성으로 받들고 군자를 승순(承順)[8]하며 장화는 이남 일녀를 낳았다. 그의 장자는 문관으로 공경 재상이 되었고, 차자는 무관으로 장군이 되었다. 홍련도 이남을 두었는데, 장자는 벼슬이 정남에 이르고, 차자는 학행이 높아 산림에 숨어 풍월을 벗삼아 거문고와 서책을 즐겼다.

배좌수는 구십이 되매, 나라에서 특별히 좌찬성을 제수하시었다. 그는 이것으로 남은 생애를 마치고 윤씨 또한 세상을 버리니, 장화 자매가 슬퍼하는 것이었다. 한림 형제도 부모가 돌아가니 형제가 한 집에 동거하여 자손을 거느리고 지냈는데 장화 자매는 칠십삼 세에 한가지로 죽고, 한림 형제는 칠십오 세에 세상을 떠났는데 그 자손이 유자생녀(有子生女)[9]하여 복록(福祿)[10]을 누렸다고 한다.

독후감

길라잡이

1. 내용 훑어보기

세종조에 평안도 철산에 배무룡이라는 좌수가 살고 있었습니다. 그는 비록 부유하기는 하나 후처가 없어 걱정하던 차에 부인 장씨가 선녀로부터 꽃송이를 받는 태몽을 꾸고 장화를 낳고, 이 년 후 홍련을 낳게 되어 기뻐하며 행복한 삶을 살고 있었습니다. 그러나 홍련이 다섯 살 때에 부인이 죽어, 좌수는 후사를 얻기 위하여 허씨에게 재취하게 됩니다. 허씨는 용모가 추하고 심성이 사나웠으나 곧 삼형제를 낳지요. 허씨는 소생이 생긴 뒤 전실의 딸들을 학대하기 시작하고 장화가 정혼을 하게 되면, 재물이 축날 것이 아까워 장화를 죽이기로 흉계를 꾸밉니다. 큰 쥐를 장화의 이불 속에 넣었다가 꺼내어 좌수에게 보이고 장화가 부정을 저질러 낙태하였다고 속인 후, 아들 장쇠를 시켜 못에 빠뜨려 죽게 합니다. 그 순간 범이 나와 장쇠의 두 귀와 한 팔, 한 다리를 잘라 장쇠는 병신이 되고 이에 계모는 홍련을 더욱 학대하고 죽이려 하였습니다. 홍련은 장쇠에게서 장화가 죽은 것을 듣고, 또 꿈에 장화가 나타나 억울하게 죽은 사실을 알아내, 장화가 죽은 못을 찾아가 또한 물에 뛰어들어 죽습니다.

장화와 홍련은 죽은 후 원귀로 나타나 자신들의 억울함을 부사에게 진언하고자 하나 부사들은 모두 놀라 죽게 됩니다. 이런 변고로 부사로 올 사람이 없어 마을이 황폐해 가던 중, 정동우라는 사람이 자원하여 부사로 부임하게 됩니다. 장화와 홍련은 그에게 나타나 자신들의 억울함을 풀어주기를 호소하였습니다. 이튿날 부사는 좌수 부부를 문초한 바, 장화는 낙태하여 투신자살하였고, 홍련은 행실이 부정하더니 야음을 틈타 가출했으며, 장화의 낙태물이라고 증거물을 제시하는 것을 본 바 낙태물인 것 같아서 좌수 부부를 훈방하였습니다. 그 날 밤 꿈에 두 소저가 다시 나타나 계모가 제시한 낙태물의 배를 갈라 보면 알 것이라 하고 사라졌습니다.

이튿날 부사는 다시 그 낙태물을 살피고 배를 갈라 본즉 쥐똥이 가득한 것을 보고 계모를 능지처참하고, 장쇠는 교수형에 처하며 좌수는 자매의 부탁에 따라 훈방하였습니다.

또, 못에 가서 자매의 시신을 건져 안장하고 비를 세워 혼령을 위로하였더니, 그 날 밤 꿈에 두 자매가 다시 나타나 한을 풀어준 일을 사례하며, 앞으로 승직할 것이라 하였습니다. 그 뒤 부사는 승직을 거듭해 통제사에 이르게 되지요.

한편, 배좌수는 윤씨를 삼취로 맞았는데, 꿈에 두 딸이 나타나 상제가 전세에 못다한 부녀의 연분을 다시 이으라고 하였다는 말을 전하고, 윤씨부인은 꿈에 상제로부터 꽃 두송이를 받은 태몽을 꾼 후 여자 쌍둥이를 낳아 꿈을 생각해서 장화와 홍련이라 이름짓습니다. 두 자매는 장성하여 평양의 부호 이연호의 쌍둥이와 혼인하고 부귀를 누리며 행복하게 산답니다.

2. 작품 분석하기

　평안북도 철산 지방에 전해 오던 설화를 소재로 한 작품으로 계모형 가정 비극 소설 중에서 가장 대표적인 작품입니다. 신활판본으로 50면의 세창서관판, 50면의 동명서관판, 40면의 박문서관판이 있고, 판각본으로 36면의 경판본도 전합니다.

　《장화홍련전》은 그 작자와 창작 연대를 정확하게 알지 못하나 현전 문헌에 의하면 이 작품은 먼저 17세기 말 혹은 18세기 중엽에 박경수에 의하여 한문본으로 씌어진 일이 있습니다. 이 한문본은 지금 읽히고 있는 국문본에 비하여 퍽 미숙한 단계에 있습니다. 국문본은 그 언어, 표현 수법 등으로 보아 대체로 18세기 말에서 19세기 초에 이르는 기간에 창작된 것으로 추정됩니다.

▌《장화홍련전》이 수용한 설화들 ▌

　《장화홍련전》은 가정 소설이자 계모형 소설로써 가정 불화로 인한 한(恨)풀이가 나타나는 인과응보의 주제를 담고 있습니다. 소설에 수용된 설화들로는 '계모 설화', '신원 설화', '환생 설화' 세 가지 가 있습니다.

　'계모 설화'는 《콩쥐팥쥐전》처럼 계모가 전실 자식을 학대하는 내용을 담고 있는 설화이며, '신원 설화'는 원통한 일을 당한 사람이 그 원통함을 풀게 되는 설화로써 《춘향전》을 비롯한 고전 소설에서 흔히 찾아 볼 수 있는 설화입니다. '환생 설화'는 죽은 사람이 다시 태어난다는 내용인데 장화와 홍련이 연못에 빠진 후 원한을 갚고, 윤씨 부인의 쌍둥이 자매로 태어나는 것으로 수용되었습니다.

▌계모형 비극 소설 ▌

이 소설을 두고 계모형 비극 소설이라고 했는데, 이는 장화와 홍련이 연못에 빠져 자살할 수밖에 없는 비극성이 작품의 핵을 이루고 있기 때문입니다. 특히 주인공 자매는 계모 허씨의 끊임없는 학대에도 불구하고 원망이나 적대적 감정 없이 그녀를 극진히 섬김으로써, 그들의 비극성을 더욱 증폭시키고 있습니다. 이처럼 작품의 비극성을 고조시켰던 장화와 홍련의 죽음은 단순히 그 구조를 형성하는 소재의 의미에서만 멈추지 않습니다. 죽음은 비장미를 창출하면서 동시에 그녀들의 한을 푸는 계기로써의 의미도 지닙니다. 이승에서 소극적이고 순종적이었던 장화와 홍련이 저승의 원혼이 되어서는 현세에 직접 나타나 자신들의 억울함을 말하는 적극적이고 능동적인 행동을 취했기 때문입니다. 이런 점에서 그들의 죽음은 새로운 세계를 지향하는 계기이며, 자기 갱신의 의미, 더 나아가 지배층에게 순종적이기만 했던 민중들의 갱신의 의미를 담고 있는 것입니다.

▌낙원 추방 – 고난 – 낙원 회귀 ▌

《장화홍련전》은 또한 전체적으로 【낙원 추방 – 고난 – 회귀】의
구조를 지니고 있는데 이는 《춘향전》이나 《심청전》 같은 고전 소
설에서도 찾아 볼 수 있는 구조입니다. 즉, 부인 장씨와 배 좌수,
장화와 홍련이 행복하게 살고 있다가 장씨가 병에 걸려 세상을
뜨자 계모 허씨가 들어와 그때부터 두 자매의 고난과 죽음이 이
어지게 됩니다. 억울한 죽음을 당한 자매는 원혼으로 나타나 현
명한 부사에게 억울함을 털어놓고, 원한을 푼 후 환생하여 세상
의 부귀를 누리는 구조를 가지고 있습니다.

3. 등장 인물 알기

《장화홍련전》에 나오는 인물들은 모두 약간씩 기형적인 모습을
보입니다. 이러한 인물들의 성격은 소설의 갈등을 양산해 내는
중요한 역할을 하지요. 그럼, 아버지인 배 좌수부터 살펴볼까요?

배 좌수   배 좌수는 처음에는 현명한 부인 장씨와 결혼 생활
을 하다가 그 부인이 일찍 세상을 뜨자 후사를 위해 할 수 없이
허씨와 재혼합니다. 그는 재혼한 뒤에도 전 부인의 덕을 말하고
전실 자식인 장화, 홍련에 대한 애틋한 정을 표면화함으로써 허

씨의 시기심을 자극하여 갈등 요인을 제공하고 있습니다. 그뿐만 아니라 허씨가 장화를 죽이기 위해 흉계를 꾸몄을 때, 양반의 체통만을 중시하고 사건의 진상 파악에는 소홀하여 장화를 죽게 만드는 우유 부단하며 시대적인 모순을 가진 인물로 그려집니다. 허씨의 적극적이고 악독한 행위에 비해, 배 좌수는 너무나 소극적이고 무능하게 묘사되고 있는 것입니다.

부인 장씨　배 좌수의 전처이자 장화와 홍련의 친어머니로서 성품이 온화하나 병을 얻어 일찍 세상을 뜹니다.

계모 허씨　배 좌수의 두 번째 부인입니다. 대부분의 고전 소설에 등장하는 계모는 남성적 취향에 따라 각색된 미인형이나 이 작품에 등장하는 허씨는 못생기고 추한 몰골의 여인으로 그려지고 있습니다. 이것은 외부의 신체적 특징을 통해 그 천성이 흉악함을 미리 제시하려는 작가적 의도로 보여집니다. 허씨는 배씨 가문의 많은 재산이 전처의 자식들인 장화와 홍련에게 모두 돌아갈 것을 두려워하여 그들을 미워하며 결국엔 누명을 씌워 죽게 합니다. 후에는 두 자매의 원혼이 나타나는 바람에 죄가 들통나 능지처참을 당하는 인물입니다.

장화와 홍련　배 좌수의 전처인 장씨의 소생들로 외모가 수려하고 성격이 온화하며 머리가 총명하여 어디 한군데 흠잡을 데 없는 처녀들입니다. 친어머니에 대한 콤플렉스로 허씨와의 갈등의 빌미를 던지기도 하나, 계모의 모진 구박에도 순종하는 착한 자매로 그려지고 있습니다. 죽은 뒤에 원혼이 되어서는 자신들의 억울함을 진언하고, 허씨와 장쇠를 단죄하고자 하는 적극적인 인물로 변하게 됩니다.

후에, 배 좌수의 세 번째 부인 윤씨에게서 여자 쌍둥이로 환생해 부유한 남자 쌍둥이와 혼인을 하고 세상의 온갖 부귀 영화를 누리며 행복하게 산답니다.

장쇠 계모 허씨의 첫째 아들로 성격이 미련하고 어미를 닮아 외모 또한 형편없는 인물로 그려지고 있습니다. 계모의 명으로 장화를 죽이러 산중에 데리고 가 연못에 빠뜨린 후 호랑이에게 한쪽 팔과 다리를 잃게 되는 비극적인 인물이기도 합니다. 계모 허씨가 처형당할 때 함께 죽게 됩니다.

4. 작가 들여다보기

《장화홍련전》(국문본)은 작자와 연대가 미상인 고전 소설입니다. 이 소설은 효종연간에 전동흘이 평안도 철산부사로 가서, 배 좌수의 딸 장화와 홍련이 계모의 흉계로 원통하게 죽은 사건을 처리한 실력담을 소재로 하여 쓴 한문본을 대본으로 하여 쓰여졌습니다.

한문본은 전동흘의 철산부사 재임시에 겪은 실력담을, 그의 6

대손 만택의 간청에 의하여 박인수가 1818년 섣달 초하룻날에 쓴 것입니다.

이 한문본은 전동흘의 8대손 기락 등이 1865년에 편찬한 《가재사실록》과 《가재공실록》에 실려 있고, 국한문본은 《광국장군 전동흘 실기》에 실려 전합니다. 한글 필사본은 신암본과 의산본이 있으며, 한글 목판본은 자암본, 송동본, 불란서 동양어학교본 등과 신활자본으로 세창본, 영창본을 비롯하여 동계본이 있습니다.

소설의 작자를 알 수 있는 이본은 한문본밖에 없고 창작 연대를 추정하는 데는 실담 선행설과 한글본 선행설이 있습니다. 전자는 전동흘이라는 실제 인물의 실제 이야기를 기초로 하여 한문본이 숙종 24년 또는 영조 34년에 창작되었고, 이 한문본에 근거하여 한글본이 순조, 철종 이후에 번역 또는 창작되었을 것으로 추정합니다. 그에 비해 후자는 《가재사실록》의 기록을 볼 때 순조 18년에 지어졌을 것으로 추정하고 있습니다.

그러나, 이 소설이 포함하고 있는 여러 이야기들의 소재나 설화들로 보아 어떤 하나의 실담이 소설화하였다고 보기보다는 근원이 되는 이야기가 상당한 시간을 지나면서 많은 다른 이야기와 화소들을 첨가시켜 다듬어지게 된 것으로 보입니다. 즉, 특정한 작자에 의한 하나의 창작이라기보다 어떤 이야기의 골격을 중심으로 발전을 거듭한 민중들의 적층문화적 성격을 지녔다고 봄이 타당할 것입니다.

5. 시대와 연관짓기

《장화홍련전》의 국문본이 조선 후기에 창작되어졌다고는 하나 그 근원이 되는 설화는 사람들에게 오래 전부터 알려져 있던 것입니다. 이는 소설의 주요 소재인 전처의 자식과 계모와의 갈등이 당시에만 관심의 대상이 아니었음을 알려줍니다. 다만 소설화된다는 것은 사람들이 그러한 사회적 문제에 대해 의식의 각성이 높아지고 있음을 알려주는 것이겠죠.

앞에서도 말했듯이 전실 자녀와 계모간의 갈등을 제재로 하여 당시 조선 봉건 사회 가부장적 가족 제도의 불합리성, 그의 심각한 모순을 폭로한 것이 이 소설입니다.

이조 봉건 사회에 있어서 적자 상속의 엄격한 제도는 주로 양반 가정에서 유산 상속을 둘러싸고 전실 자녀에 대한 계모의 비인도적인 학대의 계기가 되었습니다. 즉, 그러한 사회적 분위기가 없었다면 굳이 계모 허씨가 장화와 홍련을 그런 식으로 가혹하게 대할 이유는 없었던 것이지요. 또한 허씨의 비인간적인 학대는 폐쇄적인 봉건 가정에서 항상 억눌려 생활하는 부녀자들의 특수한 처지에 의하여 한층 고조되게 됩니다. 즉, 작자는 장화와 홍련 자매의 비극적 운명 추구를 통해 당시의 가장 중요한 사회적 문제의 하나를 제기한 것이지요.

소설은 또한 가부장적인 사회에도 비판을 가하는데요, 장화와 홍련의 아버지 배좌수가 그러한 인물이라고 할 수 있지요. 배좌수는 성품이 순후하고, 자녀들에 대한 애정이 지극할 뿐만 아니라, 허씨의 사나운 심사도 곱게 보지 않습니다. 그러나, 허씨가 장화에게 낙태를 했다는 모략을 꾸며 누명을 덮어씌우고 장화를 죽이려 할 때 사건의 진상을 파악하기보다는 가문의 명예와 안정에 집착하는 모습을 보입니다. 이러한 가장의 우유부단하고 무능한 모습은 이 시기 가족 제도의 불합리성에서 오는 불가피한 비극이라고 볼 수 있는 것입니다.

이러한 점을 살펴볼 때《장화홍련전》은 시대의 모순을 잘 묘사하고 있다고 해석할 수 있을 것입니다.

그러나, 장화와 홍련을 완벽하게 착한 인물로 설정하고 단순한 선·악의 대립에서 선이 승리하는 모습을 보이고 있다는 데서는 고전 소설의 한계를 그대로 지니고 있음을 보여줍니다

6. 작품 토론하기

1 《장화홍련전》은 전실 자녀와 계모간의 갈등을 제재로 한 것입니다. 작품의 창작은 가정내의 문제가 이미 사회적으로 광범위하게 나타나고 있음을 상징하고 있습니다. 당시 시대적인 제도와 연관지어 그 갈등 구조의 원인을 함께 이야기해 봅시다.

➤《장화홍련전》의 국문본은 18세기 말, 19세기 초에 이르는 기간에 창작된 것으로 생각되어집니다. 이 시기 조선의 민중들은 사회적인 문제의식이 높아 가던 때인데 그러한 각성된 모습은 여러 작품 속에서 찾아 볼 수 있습니다.

《장화홍련전》역시 그러한 흐름과 함께 한다고 볼 때 전실 자녀와 계모의 갈등 구조는 당시 조선 봉건 사회의 가부장적 가족 제도에 대한 불합리성과 모순을 폭로하고 있다고 볼 수 있습니다. 분명 계모라고 해서 악덕한 인격만 지니고 태어났을 리는 없는데 전실 자녀에게 하는 언행들은 가혹하기 짝이 없습니다. 이는 이조 봉건 사회에 있어서 적자 상속의 엄격한 제도로 인한 것으로, 그러한 모순된 제도는 유산 상속을 둘러싸고 전실 자녀에 대한 계모의 경계가 극심하게 하도록 하는 빌미를 제공하고 있는 것입니다. 다음과 같은 장화의 말에서도 계모가 자신들을 미워할 수밖에 없는 이유가 그에 있음을 말해 줍니다.

"…소녀 형제는 그래도 어미라 계모 섬기기를 극진히 하였으되 박대와 시기는 날로 심하오니, 이는 다름 아니라 본디 소녀의 죽은 어미 재물이 많으므로 노비가 수백 인이요, 전답이 천여 석이며 보화는 거재두량(車載斗量)이요, 소녀 형제가 출가하면 재물을 다 가질까 하여 시기심을 품고 소녀 형제를 죽여 재물을 빼앗아 제 자식을 주고자 하며…"

물론《장화홍련전》에서는 부인 허씨의 타고난 성격, 사납고 시기심 많은 것도 갈등 구조의 이유 중에 하나가 될 수 있으나, 갈등의 바탕에는 모순된 사회적 제도가 있음을 간과해서는 안 되겠습니다.

2 《장화홍련전》(국문본)은 언어의 문체나 표현수법 등을 보아 대체로 18세기 말, 19세기 초에 창작된 작품으로 추정되고 있습니다. 그 추정의 근거를 좀 더 자세하게 살펴보기 위해 《장화홍련전》의 문체나 표현 수법에 대해 이야기해 봅시다.

👉 작품의 주인공이나 소재가 평범하면서도 일상적인 것은 조선 후기에 민중들이 스스로의 모습에 관심을 기울였던 것과 연관되어 있습니다. 이러한 해석은 당시의 작품들의 경향 분석을 통해서도 얻어 낼 수 있습니다. 비슷한 시기에 널리 읽혀진 《콩쥐와 팥쥐》, 《토끼전》, 《장끼전》 등이 그것입니다. 문체에 있어서는 지난 세기의 국문 표기 소설들인 《임장군전》, 《박씨부인전》 등을 많이 답습한 흔적이 보이고 18~19세기에 널리 퍼진 판소리 대본적인 수법도 보입니다. 예를 들면, 계모 허씨의 용모를 묘사하는 부분이나 장쇠가 장화를 데리고 깊은 산중 연못으로 찾아가는 부분 등이 그것입니다.

작품 속에서는 다음과 같이 나타나고 있습니다.

"장쇠 말을 급히 몰고 산골짜기로 들어가 한 곳에 다다르니, 산은 첩첩 천봉(千峰)이요, 물은 잔잔 백곡(百曲)이라, 초목이 무성

하고 송백(松柏)이 자욱하여, 인적이 적막한데 달빛만 휘영청 밝
고 구슬픈 두견 소리 일촌간장을 다 끊어 놓는다."

 독후감 예시하기

┃ 독후감 1 ┃ 장화와 홍련의 환생에 담긴 민중의 소망

국문본《장화홍련전》은 예전에 읽어보았던 전래 동화와는 달리
두 처녀가 여자 쌍둥이로 환생하여 다시 그리운 아비를 만나 현
실 속에서 부귀영화를 누리는 모습이 더해졌다. 처음에는 환생과
같은 환상적인 장치를 사용하여 비현실적인 요소로 결말을 짓고
있는 구조가 이해 되지 않았다. 원혼으로 나타나 그 한을 풀었으
니 이제 극락에서 평화롭게 사는 것이 맞는 것이 아닌가 하는 생
각이 든 것이다. 하지만, 곰곰이 생각해보니 장화와 홍련의 환생
에는 당시 민중의 소박하고도 인도주의적인 정의감이 뚜렷하게
드러나 있음을 알 수 있었다.

조선 후기는 봉건 사회의 가부장적 제도의 모순으로 인해 전처
자식들과 계모와의 갈등이 극심했다. 그 속에서 고통받는 전실의
자녀들에 대한 민중들의 동정의 시선을 반영하듯 작품은 계모 허
씨의 온갖 구박에도 순종하는 착하기 그지없는 장화와 홍련을 비
극 속에서 건져낸다. 그러나, 계모의 구박에서 벗어나기 위해서

는 연못에 빠져 죽음을 맞아야 하는 고난을 거쳐야 한다. 이 고난은 단순히 장화와 홍련의 비극성을 높이는 것뿐만이 아니라 환생이라는 보상이 가능하게 하는 것이다. 즉, 민중들은 작품 속, 소설 속이라는 가상 공간을 이용하여 억울하게 죽은 혼령을 살려주어 좋은 부모를 만나게 해주고, 사회적인 여건이 훌륭한 남편을 만나게 해줌으로써 현실에서는 불가능한 정의적 차원의 보상을 해주고 있는 것이다.

독후감 길라잡이

하지만, 난 권선징악이 극명하게 드러나는 위와 같은 작품의 클라이막스에서 이 소설의 아이러니한 모습을 엿보게 되었다. 민중들의 옳은 것에 대한 열렬한 소망은 분명 이해가 가면서도 대비되는 계모 허씨와 장쇠에 대한 가혹한 처벌이 바로 그것이다. 애초에 이런 악역들에 대한 동정심을 없애기 위해서 작가는 계모와 그의 자식들에 대해 도저히 상상이 불가능할 정도로 흉칙하게 묘사해 놓았다. 장쇠 역시 어미를 닮아 성격은 삐뚤어지고 조금의 동정심도 불러일으키지 못한 인물이다.

미화된 모습은 모두 선의 차지이며 눈에 보기 싫고 흉칙한 모든 것은 악의 몫으로 남겨진다. 이러한 《장화홍련전》의 인물 묘사의 한계는 그것으로 그치는 것이 아니라, 세월과 함께 쌓이고 쌓여 보이는 것에 지나친 맹신을 갖는 사회적 분위기를 형성해 버렸다.

재산 때문에 장화를 죽이고자 한 계모의 처사나 죽음 앞에서 애원하는 누이의 모습을 매정하게 외면하는 장쇠는 분명 용서받지

못할 죄인들이다. 그러나, 이들 역시 조선 사회의 희생자들임을 소설은 간과해 버렸다. 또, 계모가 마지막에 보여주는 장쇠에 대한 사랑, 자신이 지은 죄이니 장쇠는 용서해 달라는 모성애를 무시한 이야기의 결말은 심판이 가해져야 하는 곳은 분명 모순에 찬 사회 제도인데 엉뚱한 곳에 분노를 표출하고 있다는 생각이 들게 한다.

또, 장화와 홍련의 억울함을 구해 주는 것이 그 지방의 지도자라는 것도 고개를 갸우뚱거리게 하는 아이러니다. 그들을 그렇게 몰아넣은 것은 분명 사회적 책임도 있는데 그것을 유지시키는 지배자에게 정의 실현을 호소하는 것은 잘못된 것이 아닌가.

생각건대, 계모 허씨가 자신들을 구박할 때 장화와 홍련은 눈물만 지을 것이 아니라, 자식의 입장에서 아버지에게 겸손히 설명을 하여 상황을 변화시키려고 노력하는 적극적인 성격을 지녔어야 할 것 같다. 그렇게 하면 모순적인 제도의 틀은 바꾸지 못했더라도 현실 속에서도 스스로 가정의 비극을 막을 수 있었을 것이다. 또는 원혼이 되었을 때, 장쇠와 계모 허씨에게 나타나 그들에게 엄중한 꾸짖음과 함께 벌을 내려 교화시키되 아비에게도 사정을 설명하여 죽음 이외의 방법으로 처벌케 하는 모습이 좀더 두처녀, 곧 민중 스스로의 한풀이가 되지 않았을까 한다.

▌독후감 2 ▌ 결손가정에 대한 교훈적 메시지

《장화홍련전》의 소설 구조를 살펴보면 장화와 홍련이 물에 뛰어드는 것을 분기점으로 하여 전반부와 후반부로 나뉘어진다. 전자는 '계모학대형 소설'의 구조를, 후자는 '공안류 소설'의 구조를 지니고 있다.

전반부에서 사건의 발단은 배좌수의 전처인 장씨가 장화 자매만 남기고 죽자, 대를 이을 자식을 얻기 위해 허씨를 후처로 맞이하면서부터 비롯된다. 배좌수는 허씨의 용렬함과 심술을 알면서도 달리 마땅한 상대가 없었기에 '후사를 아니 돌볼 수 없다.'는 생각에 부득이 그녀를 후처로 맞이하게 된 것이다. 따라서, 딸이 부정을 저질렀다고 오해하기 전까지 배좌수는 장화 자매만 편애하고 허씨에게는 냉랭하기 그지없었다.

남편의 무관심에다 전처 자식으로부터도 어미 대접을 받지 못하자 허씨는 강한 소외감을 느끼게 된다. 뿐만 아니라 후처가 되기 이전에 가난했기에 배좌수 집안의 풍족한 재물에 눈이 멀어 장화 자매를 없애고 자기 소생이 그 재물을 물려 받을 수 있게끔 음모를 꾸미게 된다.

장화와 홍련이 죽은 후반부에는 계모와 그의 아들 장쇠에 대한 끔찍한 징벌이 진행된다.

한편, 《장화홍련전》에 등장하는 인물은 모두가 약간씩 기형적인 성격을 소유한 인물들로 이러한 인물의 특성은 작품 구조에 영향을 미치고 있다. 즉, 장화와 홍련은 극심한 어머니 콤플렉스의 소유자로, 계모는 열등 컴플렉스에 빠져 전처 소생에 대한 학

독후기 길라잡이

대를 일삼고 자식인 장쇠까지 불행에 빠뜨린다. 이 문제를 풀 사람은 배좌수밖에 없지만 그의 성격 또한 우유부단하기 때문에 중간적 존재로서의 역할을 못하고 가족 전체를 불행 속으로 몰고 갈 뿐이다.

한 가정에 새로운 구성원(후처)이 들어올 경우에 가장의 처신은 무엇보다 중요하다. 배좌수는 전처 자식과 계모 사이의 이질적이고 적대적인 감정을 부드럽게 중재하여 가족 구성원이 서로 신뢰하면서 일체감을 가질 수 있도록 각별한 노력을 기울이지 못했다. 그 결과 두 딸을 죽음으로까지 몰아 넣는 비극을 초래하게 되었던 것이다.

지금까지는 장화 자매의 비극적 죽음의 원인을 계모 허씨의 인성 결함 탓으로만 보았다. 하지만 기존의 이러한 태도는 가부장 중심의 가족 제도와 당시 사회의 구조적 문제를 외면하고 한 개인에게 모든 책임을 지우려는 너무나 가혹한 발상이 아닐까 생각해 본다.

오랜 세월 동안 민중들에 의해서 전해 내려온 고전 소설《장화홍련전》은 오늘날을 사는 우리에게 어떤 교훈을 던져 주고 있는가?

결손가정이 급증하는 현대 사회에 원만한 가족을 이루기 위해 서로에 대한 신뢰와 일체감이 얼마나 중요한지, 그러지 못했을 경우 개인뿐만 아니라 가족 전체가 끔찍한 비극을 맞을 수도 있다는 것을 이 작품에서 알 수 있다.

독후감
제대로 쓰기

1. 책을 읽기 전에

우리는 책을 통해서 지식을 쌓고 학문을 연마하게 됩니다. 또한 교양을 얻고 수양을 쌓게 되지요. 그리하여 즐겁고 보람 있는 생활을 할 수 있는 것입니다. 이러한 습관이 지속된다면 이것이 곧 나의 생활 자체가 되고, 책을 읽는 시간이 얼마나 가치 있고 즐거운 시간인지 깨닫게 될 것입니다.

독후감을 쓰기 위해서는 책을 읽어야 함은 말할 것도 없습니다. 그러나 아무 책이나 읽는다고 다 좋은 것은 아닙니다. 특히 중학생은 아직 양서를 구별할 만한 충분한 지식을 갖추지 못했기 때문에 선생님 혹은 부모님, 그리고 선배들이 권하는 책이나, 이미 국내적으로나 세계적으로 잘 알려진 명작이나 명저를 찾아 읽는 것이 바른 방법이라고 볼 수 있습니다. 예컨대 사회적으로 존경받을 만한 사람들의 일대기를 그린 위인전이나 자서전 같은 것은 읽을 가치가 있으며, 명시 모음집이나 명작 소설, 특정한 분야의 관찰기, 평론집 같은 것도 좋은 읽을거리가 될 수 있습니다.

그럼 효율적인 독서를 위해서 유의해야 할 점을 알아볼까요?

첫째, 본문을 읽기 전에 책의 앞부분에 있는 머리말이나 해설하는 글을 먼저 정독합니다. 그러면 책을 쓰게 된 동기나 평가 등에 대하여 잘 알 수 있게 되죠.

둘째, 목차를 잘 살펴봅니다. 목차에서 그 책의 내용이 어떻게 전개될 것인가에 대해 미리 파악할 수 있기 때문입니다.

셋째, 본문을 읽기 시작하면, 그 중에 잘 모르는 단어나 문구가 나오기 마련입니다. 그런 것은 곧 사전을 찾아 뜻을 알아두어야 합니다. 그런 것을 무시했다가는 자칫 전체를 이해하지 못하는 오류를 범할 수 있거든요.

넷째, 각 문단별로 소주제가 무엇인지를 파악하고, 그 줄거리를 요약하는 습관을 길러야 합니다. 특히 필자가 표현하려는 것과 그 뒷받침되는 내용이 무엇인지 알아내는 것이 필수겠지요.

다섯째, 글의 배경은 무엇인지, 앞뒤 맥락이 어떻게 이어지고 있는지를 잘 생각하면서 읽어야 합니다. 그리고 소설일 경우에는 주인공과 등장인물들의 성격이나 특성을 파악해야 하지요.

여섯째, 다 읽은 다음에는 줄거리를 만들어 보고, 전체적인 주제가 무엇인지 정리하는 작업도 필요합니다.

2. 책을 감상하는 방법

책을 읽을 때는 내용을 진지하게 파고들어 가며 읽어야 합니다. 즉 자기의 현재 생활과 비교해 가며 생각의 폭과 사고를 넓히는 것이 중요하답니다. 그리고 작품의 문체 · 제목 · 주제 · 논제 등도 염두에 두고 읽으면 독후감을 쓰기가 좀더 수월해집니다.

그리고 저자가 강조하고 있는 내용과 사건들이 현재 우리 사회에 어떤 의미를 가지고 있으며 어떻게 발전시켜 나가야 할 것인가를 생각하며 읽습니다. 더불어 저자가 작품에서 강조하려고 하는 것이 무엇인가를 파악하며 읽을 필요가 있습니다. 그렇다고 굉장한 부담을 느끼면서 책을 읽을 필요는 없습니다. 책 읽는 것 자체를 즐긴다면 그리 깊게 생각하지 않아도 작가가 말하려는 바를 깨닫게 될 테니까요.

그렇다면 각 문학 장르에 따라 어떤 점에 유념하여 책을 읽어야 하는지 알아볼까요?

▌**소설**▌ 작품의 주제를 파악하고 작중 인물의 성격과 배경을 생각하며 주인공이 어떻게 변화되어 가고 있는가를 염두에 두고 읽습니다. 자신의 생각이나 현실과 결부시켜 보는 것도 재미를 배가시켜 줄 거예요.

▌**시**▌ 선입견 없이 그대로 느낌을 받아들이며 읽습니다.

▌**희곡**▌ 무대 상연을 전제로 하여 쓰여진 것이기 때문에 시간적 · 공간적 제약을 받는다는 것을 염두에 두어야 합니다.

▌**역사 소설**▌ 인물 · 사건 등을 작가가 상상력에 의존하여 구성한 글로서, 항상 계몽사상이나 민족의식 고취 등 어떤 목적이 들어 있는지를 파악하며 읽어야 합니다.

▌**역사**▌ 역사는 역사 소설과는 구분지어야 합니다. 이것은 정

확한 기록으로 글쓴이의 주관적 해석이 들어 있을 수 없으며, 시간의 흐름에 따라 사건을 나열한 것임을 생각해야 합니다.

▌ **수필** ▌ 지은이의 인생관이 들어 있습니다. 심리적 부담감이 적으므로 편안한 마음으로 읽을 수 있습니다.

▌ **전기문** ▌ 인물의 정신, 자취, 시대적 배경과 사회적 환경을 먼저 파악해야 합니다.

▌ **과학 도서** ▌ 미지의 세계에 대한 탐구심, 합리적 사고력 배양, 지식과 정보의 입수, 창의력을 기르는 데 도움이 되므로 평소 이에 대한 흥미를 갖는 것이 중요합니다.

③. 독후감이란 무엇인가?

독후감은 말 그대로 어떤 글이나 책을 읽고, 그에 대한 느낌이나 생각을 쓰는 것입니다. 좋은 책을 읽고 그것을 정리해 두지 않는다면 곧 그 내용을 잊어버려, 독서를 한 만큼의 가치를 얻지 못할 수도 있으니까요. 그러므로 한 권의 책을 읽으면 곧 그 책의 내용을 정리하고, 느낌이나 생각을 적어 두는 것이 좋습니다.

독후감은 느낌이나 생각을 거짓 없이 써야 하나, 그렇다고 아무렇게나 써도 되는 것은 아닙니다. 즉 독후감도 글이므로 수필의 형식으로 쓰든, 논술의 형식으로 쓰든, 정확하게 읽고 주제와 내용에 맞게 써야 함은 물론이죠. 아무리 좋은 글이나 책이라도, 잘못 읽어 실제와 맞지 않는 생각이나 느낌을 쓰면 좋은 독후감이라고 할 수 없거든요. 그러므로 좋은 독후감을 쓰려면 독서를 잘해야 한다는 것이 전제됩니다. 독서를 잘하는 방법은 따로 있는 게 아니라, 그저 많이 읽다 보면 요령이 생기고, 이해도 쉽게 되며, 능률도 오르게 되는 것입니다.

독후감은 왜 쓰는가?

독후감을 쓰는 목적은 독후감을 작성함으로써 독서하는 능력이 향상되고 글 쓰는 훈련을 할 수 있기 때문입니다. 그러므로 독후감을 쓰기 위해 책을 읽으면 보다 깊은 생각을 하면서 책을 읽게 됩니다. 또한 책을 통해 생활을 반성하며, 책에서 얻은 지식과 감명을 음미하여 자기 생활에 적용시킬 수 있습니다. 문장력과 논리적 사고가 향상되는 것은 물론이고요! 그럼 독후감을 왜 쓰는지 다음과 같이 정리해 볼까요?

1 읽은 책의 내용을 되살려 다시 음미해 볼 수 있습니다.
2 감동을 간직하고 책 읽는 보람을 얻을 수 있습니다.
3 책을 통해 지식을 심화시킬 수 있습니다.
4 책을 통해 자신의 문제를 연관지어 볼 수 있습니다.

⑤ 글을 써 봄으로 해서 생각을 깊이 있게 할 수 있습니다.

⑥ 독서 목표를 확실히 할 수 있습니다.

⑦ 작품에 대한 비판력과 변별력을 기를 수 있습니다.

⑧ 생각을 조리 있게 쓸 수 있는 작문력을 향상시켜 줍니다.

⑨ 사고력과 논리력, 추리력을 기를 수 있습니다.

⑩ 바르게 책을 읽는 습관을 형성할 수 있습니다.

5. 독후감을 쓰기 전에 생각하기

독후감은 수필의 형식이든 논술의 형식으로든 쓸 수 있다고 했는데, 사실 이 둘의 차이는 모호합니다. 다만, 수필이 자유롭게 붓 가는 대로 쓰는 것이라면 논술은 논리 정연하게 쓴다는 점이 다르다고 할 수 있습니다.

붓 가는 대로 자유롭게 수필의 형식으로 쓰는 독후감이라도 글의 앞뒤가 맞지 않는다든지, 주제가 통일되지 않으면 좋은 평가를 받을 수 없습니다. 논리 정연하게 쓰는 독후감이라면, 서론·본론·결론으로 나누어 서술해야 함은 물론이구요.

서론에 해당되는 부분에서는 그 책에 대한 소개나 쓴 사람의 생애, 또는 특기할 만한 일화 같은 것을 적는 것이 일반적입니다.

본론에 해당하는 부분에서는 그 책을 읽고 특별히 다루려는 내용을 체계적이고 구체적으로 써야 합니다.

결론에서는 본론에서 다룬 내용을 요약하거나, 자신이 읽은 후의 감상, 그 책의 좋은 점, 나쁜 점 등을 들어서 마무리를 해야 합니다.

독후감은 짧게 쓰는 것이 상례이므로, 작품 전체를 거론하기보다는 특정한 주제를 잡아서 쓰는 것이 좋습니다. 보편적으로 다룰 수 있는 몇 가지 주제를 제시해 보면 다음과 같습니다.

첫째, 작가의 의식이나 주인공의 언행, 성격과 연관지어 주제를 구현시키는 방법입니다. 문학 작품이라면 주제가 애정이나 애국, 의리나 배반일 수 있으므로 이러한 점에 초점을 두고 써야겠지요. 또한 과학에 관계된 것이라면, 그 발명의 의의나 연구자의 노력과 관련시켜 서술해야 하겠지요.

둘째, 저자의 이념이나 생애, 업적에 관심을 두고 쓰는 방법입니다.

그 작품을 통하여 알 수 있는 저자의 철학이나 사상 또는 저자가 그 작품을 남기기까지의 역경이나 작품을 쓰게 된 동기, 작품의 가치나 다른 작품에 미친 영향 등 작품과 연관시켜 쓰는 것이지요.

셋째, 작품의 내용을 중심으로 기술합니다

예컨대, 작품 속 주인공의 성격을 분석하거나 다른 사람과 비교해 볼 수도 있고, 그 작품의 사건이나 시대적 배경을 논의하거나,

작품의 구성 같은 것에 초점을 두고 이야기할 수도 있습니다.

이와 같이 작품을 읽기 전에 먼저 어떤 점에 중점을 두고 독후감을 쓸 것인가를 염두에 둔다면, 그렇지 않은 경우보다 훨씬 이해가 쉽고, 나중에 독후감을 쓰는 데도 도움이 될 것입니다.

6. 독후감의 여러 가지 유형

1. 처음에 결론부터 쓴 다음 왜 그러한 결론이 도출되었는지 감상을 자세하게 쓰거나, 감상을 먼저 쓰고 결론을 씁니다.

2. 책을 읽게 된 동기부터 설명하고 글 중간에 자기의 감상을 씁니다.

3. 저자나 친구에 대한 편지 형식으로 감상을 쓰거나 주인공에게 대화 형식으로 씁니다.

4. 시(詩)의 형태로 감상문을 씁니다.

5. 대화문(對話文) 형식으로 씁니다.

6. 줄거리부터 요약한 다음 자기의 느낌이나 생각을 씁니다.

1. 독후감을 구체적으로 쓰는 방법

어렵게 쓰겠다는 생각은 하지 말고 쉽게 써야겠다는 마음가짐을 가져야 좋은 글이 나올 수 있습니다. 그리고 무엇보다 감상문을 쓰기 전에 무엇을 어떻게 쓸까 조목별로 골자를 먼저 쓰고, 이 골자에 살을 붙이는 방법으로 쓰려고 노력해야 합니다. 이때 의도적으로 아름답게 잘 쓰려고 하지 않는 것이 좋습니다. 자, 그럼 더 자세하게 알아볼까요?

1. 먼저 제목을 붙입니다.

2. 처음 부분(머리글)을 씁니다.

   ⫸ 책을 읽게 된 이유나 책을 대했을 때의 느낌을 씁니다.

   ⫸ 자신의 생활 경험과 관련지어 써 봅니다.

   ⫸ 제일 감동받은 부분을 씁니다.

   ⫸ 지은이나 주인공을 소개하는 글을 씁니다.

3. 가운데 부분을 씁니다.

   ⫸ 자기의 생활과 견주어 씁니다.

   ⫸ 주인공과 나의 경우를 비교해서 씁니다.

   ⫸ 시시비비를 분명히 가려야 합니다.

   ⫸ 가장 극적이었던 부분을 소개합니다.

4. 끝부분을 씁니다.

   ⫸ 자신의 느낌을 정리합니다.

⫸ 자신의 각오를 씁니다.

독후감을 쓴 다음에는 다음과 같은 추고의 과정이 필요합니다.

첫째, 쓴 글을 다시 한 번 읽으면서 맞춤법이나 표준어 규정에 어긋나는 것은 없는지 살펴봐야 합니다.

둘째, 문장이 잘 구성되어 있는지, 또 문단이 잘 짜여져 있는지 알아보아야 합니다. 한 문단에는 소주제문과 보조문들이 있어야 하는데, 그런 점이 잘 지켜져 있는지 유의해야 합니다.

셋째, 글 전체의 구성이 잘 이루어졌는지 살펴봅니다. 예를 들어 서론에 해당하는 부분이 지나치게 길다든지, 결론에 해당하는 부분이 너무 짧다든지, 전체적인 구성이 균형을 잃고 있다면 다시 고쳐 써야 하겠지요.

우리가 시간을 들여 열심히 책을 읽고 난 후 독후감을 잘 쓰기 위해서는 책을 읽고 있는 동안의 느낌을 잊지 않고 글로써 표현할 줄 알아야 하며, 책을 읽고 가장 감명받은 부분을 기억하고 있어야 합니다. 또한 다른 사람들은 어떻게 독후감을 썼는지 남의 것을 읽어 보고, 자신의 것과 비교해 보며 자주 글을 써 보는 것이 중요합니다. 그렇게 하다 보면 자신만의 개성 있는 필치로 독특한 감상문을 쓸 수 있게 되지요. 학교에서 아무리 독후감 숙제를 내주어도 부담없이 즐거운 기분으로 끝낼 수 있을 겁니다!

8. 그 밖에 알아두면 유익한 것들

▌독후감 쓰기 10대 원칙 ▌

1. 자신의 수준에 맞는 책을 선택합시다.

2. 독후감 쓰는 형식이 있기는 하지만 너무 거기에 구애받을 필요는 없습니다.

3. 자신이 작가라면 어떻게 글을 이끌어갈지를 생각하며 읽어 봅시다.

4. 평소 음악 평론이나 영화 평론을 많이 읽어 봅시다.

5. 읽으면서 마음에 와닿는 것이 있다면 따로 적어 둡시다.

6. 현대 사회의 문제점과 비교하면서 읽어 봅시다.

7. 모르는 것이 있으면 적어 두는 습관을 기릅시다.

8. 신문 사설이나 칼럼을 스크랩해서 필요할 때 사용합시다.

9. 요약하는 데에만 집착하지 말고 제대로 책을 읽읍시다.

10. 읽은 후에는 꼭 독후감을 직접 써 봅시다.

▌책을 읽는 10가지 방법 ▌

1. 아주 어릴 때부터 책과 친하게 지내는 습관을 기릅시다.

2. 너무 속독하려 하지 말고 담겨진 내용을 충실히 읽는 습관을 기릅시다.

3. 항상 작품이 나와 어떠한 상관 관계가 있는지 체크를 해 가

며 읽읍시다.

4. 무조건 책장을 넘길 것이 아니라 시시비비를 가려 가면서 읽읍시다.

5. 매일매일 조금씩이라도 책을 읽는 습관을 들입시다.

6. 책 속에 담긴 뜻을 음미하고 되새기면서 읽읍시다.

7. 너무 자신의 취향에 맞는 책만 읽지 말고 다양한 장르의 책을 골고루 읽도록 합시다.

8. 책 속에 담겨진 교훈을 깊이 생각하고 생활에 적용시킵시다.

9. 책에 따라 읽는 방법을 달리하는 습관을 들입시다. 모든 책이 만화책은 아니기 때문이죠.

10. 바른 자세로 앉아 눈과의 거리를 30cm 두고 밝은 곳에서 읽읍시다.

9. 원고지 제대로 사용하기

▌제목 및 첫 장 쓰기 ▌

1. 제목은 석 줄을 잡아 둘째 줄 가운데에 씁니다.

2. 1행 2칸부터 글의 종별을 표시합니다. 가령 수필이면 '수필'이라고 씁니다. 간혹 글의 종별을 비워 두는 경우가 많은데 이는 적는 것을 잊었거나, 원고지 사용법에 무관심하기 때문입니다.

3. 제목을 쓸 때에는 마침표를 찍지 않고, 물음표와 느낌표는 붙이지 않는 것이 좋습니다.

4. 제목에 줄임표는 사용하지 않는 것이 상례입니다.

5. 이름은 넷째 줄 끝에 두 칸 정도를 남기고 씁니다. 특별한 경우에는 서너 칸을 남겨도 됩니다.

6. 성과 이름은 붙여 씁니다. 다만, 성과 이름을 분명히 구별할 필요가 있을 경우에는 띄어 쓸 수 있습니다. 예) 임채후(○), 남궁석(○), 남궁 석(○)

7. 본문은 여섯째 줄부터 쓰는 것이 좋습니다. 단, 특수한 작문인 경우는 넷째 줄부터 본문을 시작해도 상관없습니다.

8. 학교 이름이나 주소가 길 경우에는 세 줄로 쓸 수 있습니다.

9. 주소는 보통 표제지에 기재하고 원고지 첫 장에는 제목과 성명만 간단하게 적는 것이 상례입니다.

10. 성명의 각 글자는 시각적 효과를 위해 널찍하게 한두 칸씩 비워 써도 무방합니다.

11. 학교 앞에 지명을 기입할 때는 학교명을 모두 붙여 써서 지명과 학교명의 구분을 명확히 해 주는 것이 좋습니다.

▌ 첫 칸 비우기 ▌
1. 각 문단이 시작될 때는 첫 칸을 비우고 씁니다.
2. 대화체의 경우는 첫 칸을 비우고 씁니다.

3. 인용문이 길 때는 행을 따로 잡아 쓰되, 인용 부분 전체를 한 칸 들여서 씁니다.

4. 첫째, 둘째, 셋째 등으로 이야기를 전개해야 할 때는 시작할 때마다 첫 칸을 비울 수 있습니다. 단, 그 길이가 길거나 제시된 내용을 선명하게 하고자 할 때 비워 둡니다.

5. 시는 처음 두 칸 정도 줄마다 비우고 씁니다.

▌줄 바꾸기 ▌

1. 문단이 바뀔 때는 줄을 바꾸어 씁니다.

2. 대화는 줄을 새로 잡아 씁니다.

3. 인용문을 시작할 때는 줄을 바꾸어 씁니다. 단, 그 길이가 길 때 한해서입니다.

4. 대화나 인용문 뒤에 이어지는 지문은 글이 다시 시작되는 것이므로 한 칸을 들여 씁니다. 단, 이어 받는 말로 시작되는 지문은 첫 칸부터 씁니다.

▌문장 부호 및 아라비아 숫자, 영문자 ▌

1. 문장 부호는 한 칸에 하나씩 넣는 것이 원칙입니다.

2. 아라바아 숫자는 한 칸에 두 자씩 넣습니다.

3. 한자(漢字)로 쓸 때는 띄어 쓰지 않습니다. 그러나 한자와 한글이 함께 쓰이면 띄어 쓰기를 합니다.

4. 마침표(.)와 쉼표(,) 다음에는 통례상 한 칸을 비우지 않으며, 느낌표(!), 물음표(?) 다음에는 통례상 한 칸을 비웁니다.

5. 행의 첫 칸에는 문장 부호를 쓰지 않습니다. 첫 칸에 문장 부호를 써야 할 경우는 그 바로 윗줄의 마지막 칸에 글자와 함께 씁니다.

6. 영문자의 경우, 대문자는 한 칸에 한 글자, 소문자는 한 칸에 두 글자씩 넣습니다.

🔟 문장 부호 바로 알고 쓰기

1. 마침표 : 문장을 끝마치고 찍는 문장 부호로 온점(.), 물음표(?), 느낌표(!)를 이르는 말입니다.

2. 쉼표 : 문장 중간에 찍는 반점(,) 가운뎃점(·) 쌍점(:) 빗금(/)을 이르는 말입니다.

3. 따옴표 : 대화, 인용, 특별어구를 나타낼 때 쓰는 문장 부호로 큰따옴표(" ")와 작은따옴표(' ')를 씁니다.

4. 그 밖의 문장 부호 : 물결표(~)는 '내지(얼마에서 얼마까지)'라는 뜻에 씁니다. 줄임표(……)는 할말을 줄였을 때와 말이 없음을 나타낼 때 씁니다.

11. 마치며

초등학교나 중학교에서는 독후감이라는 말을 사용하지만 고등학교에 가게 되면 독후감이라는 말보다는 아마 논술이라는 말을 더 많이 쓰고 더 많이 듣게 될 것입니다. 논술이란 말 그대로 어떠한 논제를 가지고 논리적으로 서술하는 것을 말하는데, 이는 하루아침에 이루어지지 않습니다. 다양한 분야의 많은 것을 폭넓고 깊이 있게 알고, 주관을 뚜렷이 할 때만이 논술을 잘 쓰게 되는 것이지요. 그러기 위해서는 중학교 시절부터 많은 책을 읽어 보고 스스로 글을 써 보는 훈련을 하는 것이 중요합니다.

실제로 고등학교에 가면 교과목 공부에도 시간이 모자라 제대로 책을 읽을 시간이 없거든요. 무엇을 알아야 글을 쓸 것이고, 자신의 주장을 피력할 것 아니겠어요? 그러니 중학생 시절부터 좋은 책을 많이 읽어 보고, 생각해 보며, 글을 써 보는 노력을 하는 것이 여러분의 미래를 더욱 밝게 해줄 것입니다. 아마 그렇게 한 사람은 그렇지 않은 사람보다 10리쯤 앞서 나가지 않을까 생각되는데 여러분 생각은 어떠세요?

┃성 낙 수┃
한국교원대 교수, 연세대학교 졸업, 동 대학원에서 석사 · 박사 학위 받음.

┃조 현 숙┃
제천공업고등학교 교사, 한국교원대학교 졸업, 동 대학원 수료.

┃김 은 정┃
묵호여자중학교 교사, 한국교원대학교 졸업.

중학생이 보는
심청전 · 장화홍련전

초판 1쇄 발행   2002년 7월 25일
초판 5쇄 발행   2009년 7월 30일

엮 은 이   성낙수 · 조현숙 · 김은정
지 은 이   작자미상
펴 낸 이   신 원 영
펴 낸 곳   (주)신원문화사

주   소   서울시 강서구 등촌1동 636-25
전   화   3664-2131~4
팩   스   3664-2130

출판등록   1976년 9월 16일 제5 - 68호

＊잘못된 책은 바꾸어 드립니다.

ISBN 89 - 359 - 1038 - 4 43810